© 2019 Riichu
검사를 목표로 입학했는데
마법적성
9999
라고요?!
8
저자 : 넨쥬무기챠타로
일러스트 : 리이츄

이 정도는 식은 죽 먹기 라구요.
오호호호.
샬롯, 자기 자신을 얼마나 좋아하는 거예요?

초대형 샬롯 눈 조각상, 폭발적 탄생!
이거, 무슨 승부였죠……?

로라, 인류 최강의 앞에 서다!
지금은 오직 누구보다 강하고 싶어서―.

© 2019 Riichu
덕분에 살았어.
아직 어린데 굉장한 힘이네.
누구신가?

받아들여줘서
고마워요,
로라.
© 2019 Riichu

알겠어요.
그럼 파티가
끝난 뒤에.
샬롯이 꺼낸『부탁』.
부디 저와 다시 한 번……!

검사를 목표로 입학했는데 마법적성 9999라고요?! 8

저자 : 넨쥬무기챠타로
일러스트 : 리이츄

CONTENTS

— 목 차 —

검사를 목표로 입학했는데 마법적성 9999라고요?! 8

저자 : 넨쥬무기챠타로
일러스트 : 리이츄

제 1 장 태고로부터의 부활

팔레온 왕국은 약 2백만 명의 인구를 자랑하는 풍요로운 나라다.

방대한 농업 생산력을 자랑하는 동시에 곡물 비축이 제대로 되어 있어, 지난 수십 년간 대규모 기근이 없었다.

또한 왕립 모험가 학교가 있어서 우수한 모험가가 많고, 몬스터에 따른 피해는 타국과 비교해 적다.

규모가 클 뿐 아니라 치안과 문화 수준도 높아 이상적인 국가로 일컬어진다.

무엇보다 국민으로서 가장 감사한 점은 『세금이 싸고, 굶주림이 없는』 것이다.

이것이 흔들리지 않는 한, 팔레온 왕국은 민중의 폭동과는 무관하리라.

그런 팔레온 왕국을 다스리는 여왕, 에멜린 그레다 팔레온은 국내는 물론이고 타국에서도 존경을 받는 위대한 여성이었다.

하지만 그런 여왕의 집무실에서 낮잠을 자고 있는 괘씸한 자가 있었다.

물론, 그런 짓을 할 사람은 이 지구상에 한 명뿐인 대현자였다.

"이봐, 대현자. 낮잠 자는 건 네 자유지만, 어째서 내 방에 오는 것이냐. 그 소파는 침대가 아니다."

"그야, 겨울 방학이라 학생들이 학교에 없어서 한가하거든."

여왕의 불평에 대현자는 조금도 주눅 든 기색 없이 소파에 드러누운 채 대답했다.

"어째서 내가 그 무료함 달래기에 동참해야 하는 것이냐……."

"뭐 어때. 폐하도 한가해 보이고. 게다가 나는 낮잠 자는 것뿐이야. 무해해, 무해."

"낮잠 자는 것뿐이라면 딱히 여기가 아니어도 될 텐데. 게다가 그렇게 한가하면, 나를 원래 모습으로 돌려놔라!"

그렇게 말하며 여왕은 대현자를 다그쳤다.

원래 에멜린 그레다 팔레온은 스무살의 성인 여성이다.

그것을 대현자가 마법으로 아홉 살 정도의 아이의 모습으로 바꿔버렸다.

처음에는 반쯤 장난으로 한 일이지만, 생각보다 어울렸고 주위의 반응도 좋아서 그대로 두고 있었다.

요즘은 주변 제국에도『대현자가 팔레온 왕국의 여왕을 아이로 바꿔버렸다』라고 소문이 나서, 외교의 장에서도 문제없이 진행되는 모양이었다.

"조만간 원래대로 돌려놔줄게~."

"항상 너는 **조만간**이라고 하는데, 언제쯤이면 그 **조만간**이 오는 것이냐?"

"글쎄…… 뭐, 괜찮잖아? 젊어진 만큼 오래 살 수 있어."

"으음…… 너, 설마 내 수명을 늘리려고 이 마법을 건 것이냐……?"

"그건 아니지만…… 근데, 그럴지도 몰라."

대현자는 조금 생각한 다음 작게 끄덕였다. 그렇게 듣고 나니 확실히 마법을 써서 억지로 수명을 늘려서라도 여왕이 오래 살아줬으면 했다.

"흠…… 하긴 나도 일찍 죽고 싶지는 않다. 아이가 된 덕분에 십 년 정도는 수명이 늘었나. 뭐, 서둘러 어른의 모습으로 돌아가야 할 볼일이 있는 것도 아니니, 당분간 이대로 있어주겠다. 하지만 대현자야. 이 이상은…… 안 되니라."

"알아."

인간의 수명을 멋대로 늘리거나 줄이는 힘이 대현자에게는 있다. 그러나 그것은 본디 용납되는 일이 아니었다.

지금까지도 대현자는 자신의 힘을 남용하고 싶은 유혹과 싸워왔다.

방대한 마력을 소유한 대현자는 늙지 않고, 3백 년 가까이 살고 있는데도 죽을 기미가 없었다. 그래서 지인들은 대현자를 두고 차례차례 죽어갔다.

인간의 수명을 늘리려고 마음먹으면 할 수 있지만, 정말로 그걸 해버리면 대현자는 자신의 좋고 싫음으로 인간의 수명을 결정하게 되고 만다.

그것이 당연해졌을 때, 분명 대현자는 인간일 수 없게 된다.

그래서 아무리 쓸쓸하고 안타까워도, 상대가 아무리 좋아하는 사람이라도, 인위적으로 수명을 늘리는 짓은 하지 않았다.

뭐, 가끔. 여왕에게 한 것처럼 십수 년 정도의 반칙은 한 적도 있지만.

그것뿐이다.

모두, 인간답게 죽어갔다.

대현자와 같은 시간을 사는 사람은 없다.

언젠가 스스로의 힘으로 대현자만큼 오래 사는 자가 나타나준다면 좋으련만.

아무리 그래도, 헤어짐뿐인 인생 따위…… 하고.

대현자가 어울리지도 않게 가라앉은 기분이 된 그때.

"……어이, 대현자. 어쩐지 가슴이 희미하게 빛나고 있어!"

여왕이 지적할 것도 없이, 대현자도 눈치채고 있었다.

빛나고 있을 뿐 아니라, 어렴풋이 따뜻하다.

"혹시……."

대현자는 옷 안에 손을 넣어, 언제나 목에 걸고 다니는 회중시계를 끄집어냈다.

그러자 회중시계 전체가 희미하게 빛나고, 마치 인간의 체온처럼 열을 띠고 있었다.

“어이어이. 그 회중시계가 그렇게 수상한 매직 아이템이었느냐? 폭발하는 건 아니겠지?”

회중시계가 내뿜는 빛을 본 여왕은 불안한 듯 뒷걸음질 쳤다.

대현자는 목에서 체인을 풀고, 회중시계를 찬찬히 바라봤다.

이 빛은 틀림없이 마법에 의한 것이다.

그러나 폭발할 낌새는 없다.

그렇지만 어째서 회중시계가 갑자기 빛나기 시작했는지, 주인인 대현자조차 몰랐다.

“괜찮을 거야. 아마도.”

“아, 아마도?!”

여왕은 사색이 되어 책상 뒤로 숨어버렸다.

“그렇게 걱정하지 않아도…… 라고 말하고 싶지만, 혹시 모르니 차원 창고에 넣어둘게.”

“그게 좋겠다. 이런 곳에서 말썽을 일으키는 꼴은 못 보느니라. 집으로 갖고 돌아가서, 찬찬히 알아보도록 해라.”

여왕은 책상 뒤에서 얼굴을 반만 내밀고 차갑게 내뱉었다.

야박한 말이지만, 이곳은 왕궁이다.

건물이 살짝 부서지는 것만으로도 큰일이다.

대현자는 호쾌한 성격이라는 평판을 받고 있지만, 그래도 남의 집을 파괴하는 취미는 없다.

그래서 갑자기 발광하기 시작한 회중시계를 들고 얌전히 집으로 돌아가려고 했다.

그러나…….

"오고 있어."

회중시계가 말을 했다.

처음 듣는 소녀의 목소리였다.

"인류를 멸망시키러 『적』이 오고 있어."

회중시계에서 넘쳐흐른 빛이 강해지고, 그것은 환등기[#1]처럼 벽이 아니라 공중에 어떤 형상을 비추기 시작했다.

초점이 나갔던 빛은 이윽고 인간의 형상을 갖추고, 십 대 중반으로 짐작되는 인간 소녀의 모습을 완성했다.

아니다, 그것은 빛이 비추어 내는 형상이 아니라, 실체라고 생

#1 환등기 장치를 이용하여 그림, 필름 따위를 확대하여 스크린에 비추는 기계.

각할 수밖에 없는 존재감을 띠고서 **바닥에 내려섰다.**

흰 피부, 은빛의 긴 머리카락, 정돈된 이목구비, 챙이 넓은 검은 삼각모, 검은 로브.

그 소녀를 보고, 대현자는 마치 거울을 보고 있는 기분이 들었다. 복장은 전혀 다르지만, 그 얼굴은…….

"이, 이럴 수가…… 대현자 너, 숨겨둔 자식이라도 있었느냐?!"

여왕은 소녀와 대현자를 비교해 보면서, 입을 금붕어처럼 뻐끔거렸다.

남이 보더라도 그 정도로 닮았다. 그러나 물론 대현자에게는 딸이 없다.

가족도 아주 오래전에 죽고 말았다.

그렇다면 어째서 이다지도 닮은 걸까.

이 소녀는 누구인가.

어째서 회중시계 안에 들어가 있었을까.

그리고 무엇보다 그녀가 말하는 『적』이란 무엇인가.

"부탁이야, 이 시대의 강자. 나와 함께 『적』과 싸워줘—."

회중시계는 대현자가 이십 대였던 무렵. 아직 대현자라고 불리기 이전, 그냥 칼로테 길드레아였을 때 우연히 들른 고물상에서 발견한 물건이다.

자신의 머리카락 색과 똑같은 은색 회중시계를 보고 첫눈에 반해 충동구매 해 버리고, 지금도 지니고 있다.

딱히 조상 대대로 내려오는 물건도 아니고, 어딘가의 유적에서 발굴한 것도 아니다.

아무 특별할 것 없는, 조금 근사할 뿐인 회중시계라고 줄곧 생각해왔다.

그 안에 소녀가 들어 있을 거라고는 대현자조차 상상할 수 있을 리 없었다.

"나는 아르피나 아사일. 지금으로부터 11,425년 하고 63일 전에, 내 의식을 이 회중시계에 복사해서 보존했어."

그러나 소녀는 더욱 상상 밖의 사실을 알렸다.

11,425년 하고 63일 전…… 그것이 진실이라면, 이 소녀는 고대 문명 시대를 살았던 자가 된다.

"당장은 믿을 수 없지만…… 그래도 고대 문명의 물건이 아니라 해도, 이 회중시계가 심상치 않은 건 확실해 보이네. 어쨌든 안에서 사람이 나왔으니까. 그리고, 너도 평범하지 않네."

대현자는 아르피나라고 자신을 소개한 소녀를 바라봤다.

역시 외모뿐만 아니라, 띠고 있는 마력의 낌새까지도 자신과 닮았다.

"고대 문명…… 너희는 그 시대를 그렇게 부르는구나? 그리고, 응. 나는 평범한 인간과는 달라. 네가 고대 문명이라고 부르는 시

대에 존재한 『아르셰 공화국』에서 유전자 조작으로 만들어진, 전투용 마법사…… 그중에서도 최강으로 불리던 게 나야."

아르피나는 붙임성 있게 웃으며 경쾌한 투로 말했다.

그러나 그 내용은 웃어넘길 만한 것이 아니었다.

어쨌든 지금보다도 훨씬 진보한 마법 기술을 갖고 있던 고대 문명에서 『최강』의 마법사였다고 말하고 있으므로—.

아르피나의 말을 믿어도 될지는 아직 모른다.

그러나 회중시계에서 나왔다는 비정상적인 일만으로도 무시할 수 없다.

실제로 그녀는 터무니없이 강하다. 싸우지 않아도 대현자는 알고 말았다.

이 소녀라면, 자신과 호각 이상이지 않을지 않을까라고 생각할 만큼.

"너, 아까 날 보면서 『이 시대의 강자』라고 했었지? 그건 다시 말해 내가 있는 곳을 노리고 왔다는 거야?"

"응, 맞아. 내가 여기 있다는 건 네가 이 시대에서 가장 강한 거잖아? 이름도 모르는 강자."

아르피나는 치마를 펼치며 공손한 자세를 취했다.

표면상으로는 예의 바르지만, 어딘가 장난치고 있는 것처럼 보였다.

"그래, 맞아. 나는 칼로테 길드레아. 분명 가장 강하다고 자부해. 하지만 나는 이 회중시계를 가게에서 발견하고, 내 의지로 샀어. 네가 노리고 왔다는 건 모순되지 않아? 아니면 내가 산 다음에 회중시계에 깃든 거야?"

"칼로테 길드레아구나. 흠, 강해 보이는 이름이야. 그리고 네 의문 말인데, 아까도 말했듯이 나는 11,425년 하고 63일 전부터 그 회중시계 안에 있었어. 너는 네 뜻으로 그걸 샀다고 생각하는 모양이지만, 사실은 달라."

"달라?"

"그래. 나는 11,425년 하고 63일 전, 회중시계에 마법을 걸었어. 그때 세계에서 가장 강한 자의 곁에 닿도록 말이야. 그러니까 네가 그 회중시계를 파는 가게에 들어간 것도, 그리고 살 마음을 먹은 것도, 내 마법이 인도했기 때문이야. 운명을 다루는 마법…… 꽤 굉장하지?"

아르피나는 장난스레 히죽 웃었다. 그것이 사실이라면 굉장한 마법이다. 대현자조차 그런 마법을 쓸 수 없었다.

"그렇구나…… 그래서, 그런 성가신 마법까지 쓰면서 왜 가장 강한 사람한테 와야 했어? 아까 말했던 『적』은 뭐야?"

"적은 적이야. 인류가 쓰러뜨려야 할 적. 너하고 내가 쓰러뜨리는 거야. 싫다는 말은 못 하게 할 거야. 그야, 그렇게 하지 않으면 세계가 멸망하니까."

아르피나는 미소 지으며 말했다. 마치 내일 날씨 얘기라도 하는 것처럼.

대현자는 눈을 가늘게 떴다.

옆에서 듣고 있던 여왕은「뭣, 뭣이라?!」하고 뒤집어진 목소리로 외쳤다.

"세계가 멸망한다는 게 무슨 소리냐! 농담인 게지?!"

"농담이 아니야, 아가씨. 너, 꽤나 귀엽구나. 칼로테의 아이니?"

"어째서 내가 이 녀석의 아이인 게냐! 나는 에멜린 그레다 팔레온! 이 나라의 여왕이니라!"

"와아, 여왕이구나. 어린데 장하구나."

아르피나는 여왕에게 스스럼없이 다가가, 그 머리를 쓰다듬었다. 여왕은 못마땅한 얼굴이 됐다.

"나는 분명 어리지만, 그것은 이 대현자의 마법 탓이니라. 사실은 어른이니라."

그렇게 말하고 여왕은 대현자를 노려봤다.

"마법? 흠, 어른을 아이로 만들어버리는 마법이라. 너도 꽤 대단하잖아."

아르피나는 감탄한 듯이 말하며 대현자를 바라봤다.

"그거 고맙네. 근데 그런 것보다, 세계를 멸망시키는 적이 뭔지 알려줄래?"

"그, 그래! 세계가 멸망한다는 건, 이 팔레온 왕국도 멸망한다는 것이니라! 그런 일은 있어선 안 돼!"

대현자와 여왕의 추궁에 아르피나는 시치미 뗀 얼굴로 「그건 말이지…….」 하고 노래하는 듯한 목소리로 말하기 시작했다.

그것은 세계를 멸망시킬지도 모르는 **적**.

일찍이 고대 문명이 쇠퇴하는 계기가 된 **적**.

아르피나는 그 이야기를 했다.

대현자는 과거 마신이 나타났을 때 이후 처음으로 전율을 느꼈다.

하늘에서 떨어지는 재액. 그 이름을…….

제 2 장 자유로운 겨울 방학

지난 여름 방학은 로라에게 더없이 즐거운 시간이었다.

절친인 샬롯, 안나와 함께 집으로 내려가 실컷 노는 데 열중했다.

그리고 왕도로 돌아오는 길에 강에서 떠내려 온 알을 주웠더니, 안에서 신수 하쿠가 태어나는 놀라운 일도 있었다.

이런 시간이 영원히 계속되면 좋겠다고 생각할 만큼 행복한 날들이었다.

그러나 여름 방학은 영원히는 지속되지 않는다.

그것이 끝났을 때, 여름 방학 숙제를 제출해야만 한다.

숙제를 뒤로 미뤘던…… 정확히는 존재를 완전히 잊고 있던 로라 일행은, 여름 방학 끝 무렵 지옥을 맛봤다.

결국, 숙제를 낼 수 있었던 것은 여름 방학이 끝나고 일주일이나 지난 뒤였다.

또 같은 실수를 반복하면 담임인 에밀리아에게 얼마나 혼이 날까.

상상하는 것만으로도 로라는 몸이 떨렸다.

더욱이 로라 일행은 에밀리아 선생님을 좋아했다. 가능하면 심려를 끼치고 싶지 않았다.

그래서 겨울 방학은 여름 방학을 반면교사 삼아, 먼저 숙제를 해치운 뒤 놀기로 했다.

불행하게도 고대 문명의 유물 『고타쓰』가 부활하는 사건에 휘말렸지만, 그 고타쓰의 힘을 빌림으로써 무려 겨울 방학 나흘째에 문제집을 전부 끝내는 데 성공했다.

남은 숙제는 일기뿐이다. 이것은 미리 할 수 없고, 어려운 것이 아니므로 사실 숙제를 모두 끝냈다고 할 수 있다.

"우리는…… 이제 자유예요!"

"우리가 노는 걸 가로막는 건 아무것도 없어요!"

"자, 로라 집에 놀러 가자."

"삐—."

그렇게 해서 로라 일행은 겨울 방학 7일째 아침, 왕도를 나섰다.

마차라면 꼬박 하루가 걸리는 거리지만, 로라 일행은 셋 다 하늘을 날 수 있어서 오전 중에 목적지를 시야에 담았다.

흰 구름에 덮인 평원 속에 작은 호수가 있었고, 그 주변에는 숲과 마을이 있었다.

왕도 같은 활기는 없지만, 한적하고 경치가 좋은 곳.

저곳이야말로 로라의 고향, 밀레베룬 마을이다.

"눈으로 새하얗게 뒤덮여서 어느 게 로라 집인지 모르겠어요오."

"저긴가? 아니면 여기?"

샬롯과 안나는 마을의 상공에서 시선을 방황했다.

"후후후…… 괜찮아요. 저는 알아요!"

로라는 우쭐거리며 말했다.

"역시 로라예요!"

"열 살이 된 로라는 굉장해. 믿음직해."

"에헴!"

냉정하게 생각하면 자기 집을 아는 것은 당연한 일이지만, 샬롯과 안나는 그것을 눈치채지 못하고 박수를 쳐주었다.

머리 위에서 하쿠도 앞발로 짝짝 박수를 쳤다.

로라는 더욱 우쭐해져서 가슴을 젖히고 콧김을 흥 내뿜었다.

"그런데 냉정하게 생각하면, 자기 집이 어딘지 아는 건 당연한 거예요."

"듣고 보니. 로라, 왜 그렇게 우쭐거려?"

두 사람은 진실을 깨달아버리고 냉담한 표정을 지었다.

왜 사람은 몰라도 좋을 일까지 알아버리는 걸까.

모르는 채로 있어준다면, 로라는 계속 우쭐거릴 수 있었을 텐데.

아아, 인생은 너무 냉혹하다.

"어, 어쨌든 우리 집으로 가요……!"

로라는 두 사람의 추궁을 피하기 위해 서둘러 고도를 낮췄다.

그리고 집 앞에 내려섰다…… 고 생각했는데…….

"로라 집이 이랬나?"

"새로 고친 거예요?"

안나와 샬롯은 눈앞에 있는 집을 보고 의문을 입 밖에 냈다.

"삐이?"

로라의 머리 위에서 하쿠도 이상하다는 듯이 울었다.

"……그게. 집은 이쪽이에요."

로라는 목소리를 떨면서, 도망치듯이 걸어갔다. 등 뒤에 서 있던 절친 둘은 가차 없이 비판을 날렸다.

"로라. 그렇게 자신만만하더니 집을 틀렸어."

"실망했어요, 로라. 열 살이 됐는데 자기 집도 모르다니…… 이래서는 역시 제가 평생 로라 옆에 있으면서 돌봐주는 수밖에 없어요오."

"크우우…… 어쩔 수 없잖아요! 아무리 고향이라고 해도, 이렇게 눈밭이 돼버리면 몰라요! 겨울에 하늘에서 내려다본 건 처음이니까 모르는 게 당연해요!"

"모르는 게 당연하면 왜 자신만만했어?"

안나가 불쑥 끼어들었다.

"……."

로라는 말없이 계속 걸었다.

"로라한테 무시당했어. 슬퍼. 벌이야. 에잇에잇."

안나가 로라의 오른쪽 뺨을 쭉 잡아당겼다.

"안나, 치사해요. 나도 벌주기에 동참할래요. 에잇에잇."

샬롯도 왼쪽 뺨을 잡아당겼다. 쭉쭉.

"흐아…… 그만하세요, 왜 다들, 무슨 일이 있을 때마다 제 뺨을 잡아당기는 거예요!"

"거기에 로라의 뺨이 있으니까."

"이렇게 만지는 느낌이 좋은 게 잘못이에요오. 벌이에요오."

"힉, 그만하세요!"

로라는 두 사람의 손에서 벗어나기 위해 눈 위를 달렸다.

"아, 뺨 거기 서."

"뺨, 놓치지 않아요오!"

"제 본체는 뺨이 아니에요!"

잡아당겨진 뺨을 문지르면서 로라는 집 현관문을 열고 안으로 뛰어들었다.

동시에 짤가닥 하고 문을 잠가 『뺨 잡아당기기 괴물』 두 명이 들어오지 못하게 했다.

※

"어머, 로라. 하쿠. 어서 오렴. 샬롯 양이랑 안나 양은?"

집에 들어오자, 엄마 도라가 맞이해주었다.

하아
하아
콩
콩
어머—

도라는 이미 서른이 넘었지만, 열 살인 로라와 매우 닮았다.

그러면서 가슴은 큰 풍만한 몸매의 여성이었다.

로라는 어른이 되면 자기도 도라처럼 될 거라고 믿고 있다.

좀처럼 엄마처럼 될 조짐은 보이지 않지만, 몇 년 후면 얼굴뿐만 아니라 몸매도 엄마와 똑같아 질 것이다. 그럴 게 틀림없다. 믿는 자는 구원받는다.

"다녀왔습니다, 엄마. 있지, 샬롯이랑 안나가 『뺨 잡아당기기 괴물』이 돼 버렸어. 그래서 문을 잠가서 집에 못 들어오게 한 거야."

"어머나. 그건 큰일이네. 그래도 로라는 뺨이 부드러우니까 어쩔 수 없어."

"아이 참! 엄마까지 그런 말을 하고! 아무튼 두 사람을 집에 들어오게 하면 안 돼. 내 뺨이 늘어나버리니까."

도라에게 사정 설명을 마치자마자, 『뺨 잡아당기기 괴물』 두 명이 현관문을 두드리기 시작했다.

"왜 문이 잠긴 거예요?! 열어주세요!"

"빨리 뺨을 잡아당기기 해줘. 뺨 금단 증상이 나타나."

문 너머에서 절박한 목소리가 들려왔다.

"어머나. 두 사람 다 어지간히 로라의 뺨이 좋은 모양이네. 만지게 해주지 그러니."

"싫어! 샬롯도 안나도, 한 번 만지게 해줬더니 계속 만진단 말이야!"

"그래? 그래도 계속 밖에 있으면 감기 걸릴 텐데…… 좋았어, 여긴 엄마한테 맡겨!

도라는 기합이 들어간 목소리로 외치나 싶더니, 로라의 머리 위에서 하쿠를 빼앗아 자기 머리에 얹었다.

"삐이?"

갑자기 이사를 당한 하쿠는 무슨 일인가 하는 소리로 외쳤다.

그러나 도라의 머리가 마음이 들었는지 얌전히 주저앉았다.

"흐아아…… 하쿠를 유괴당했어……."

"후후. 잠시만 빌려줘. 이걸로 완전히 로라가 돼."

"아아…… 무리 같은데……."

"괜찮아, 괜찮아♪"

도라는 현관 앞에 서서, 자기 등 뒤로 로라를 숨겼다.

그리고 자물쇠를 열었다.

그 순간, 기세 좋게 샬롯과 안나가 집으로 들어왔다.

"아아~~ 로라의 뺨이에요오~~."

"역시 이 말랑거리는 느낌이 최고야. 이게 없으면 살아갈 수 없어."

그런 말을 하면서 황홀한 표정으로 도라의 뺨을 양쪽에서 잡아당겼다.

그러나 십 초 정도가 지난 뒤.

"……미묘하게 만지는 느낌이 다른 것 같아요…… 앗, 도라 아주머니?!"

"어쩐지 키가 크다고 했어…… 언제 바뀐 거야?"

두 사람은 비로소 눈치채고 도라에게서 얼른 손을 뗐다.

"우후후. 두 사람이 집에 들어왔을 때부터 쭉이야."

"방심했어요…… 로라와 도라 아주머니를 착각하다니……."

"하쿠가 머리에 타고 있고, 얼굴이 똑같아서 순간 속았어. 게다가 빰을 만지는 느낌도 똑같아. 역시 부모와 자식이야."

샬롯과 안나는 이상하다는 얼굴이었다.

아직 자신들이 만졌던 것이 도라의 빰인 것을 믿지 못하는 듯했다.

그 사실에 로라는 살짝 화가 났다.

"정말! 두 사람 다 항상 제 빰이 최고라고 말했으면서 엄마 빰하고 구별하지 못하다니 어떻게 된 거예요! 고작 그 정도 정신이라면 이제 만지게 해주지 않을 거예요!"

"로라, 그렇게 불만스러운 목소리로 말하다니 무슨 일이야? 혹시 질투하는 거야?"

도라는 싱글벙글 웃으면서 말했다.

"그, 그런 거 아니야…… 아무튼, 제 빰이 아니어도 된다면, 샬롯도 안나도 자기 빰을 만지면 돼요!"

로라는 도라의 등 뒤에서 얼굴을 내밀고 두 사람을 힐끗 노려봤다.

그러자 두 사람 모두 당황한 표정으로 허둥지둥 변명하기 시작했다.

“도라 아주머니의 빵은 분명 굉장했지만, 역시 로라의 빵하고는 달라요! 그 증거로, 보세요, 우리는 금방 눈치챘어요!”

“맞아. 부모하고 자식이니까 닮은 건 당연해. 그래도 역시 로라의 빵이 최고야.”

“……정말이에요? 그렇게 말하는 것치고는, 눈치채기까지 십 초 넘게 걸린걸요.”

“그, 그건 어쩔 수 없어요! 로라도 아까 로라 집과 다른 집을 착각했잖아요?! 누구든 착각은 하는 거예요!”

“맞아맞아. 마을이 흰 눈으로 뒤덮여서 로라는 착각했어. 우리도 도라 아주머니가 흰 하쿠로 뒤덮여 있어서 착각했어. 똑같아.”

“그……그렇군요! 듣고 보니 그럴지도 몰라요!”

로라는 두 사람의 주장의 정당성을 인정했다.

자신은 오랫동안 살았던 집을 착각했다. 그렇다면 두 사람이 빵을 착각하는 것도 무리는 아니다.

흠, 이것은 용서하는 수밖에 없다.

“다시는 착각하지 않게 로라 빵의 감촉을 손에 새길게요. 그러니 만지게 해주세요."

"역시 반복 연습은 중요해. 눈을 감고도 로라하고 도라 아주머니를 구별할 수 있게 해야 해."

"……그런 거라면 할 수 없네요."

로라는 샬롯과 안나에게 뺨을 내밀었다.

그 순간, 두 사람은 눈을 반짝거리며 로라의 뺨을 쭉 잡아당겼다가 콕콕 찔렀다가 만지작거렸다.

간지럽지만, 이것도 두 사람이 눈을 감은 채 로라와 도라를 구별할 수 있게 하기 위해서다.

"앗, 곰곰이 생각해보니 그런 이상한 스킬을 익힐 필요는 없어요. 저랑 엄마는 제대로 눈으로 보고 구별해주세요."

"우후후. 그건 그렇지만."

"그건 그거. 이건 이거야."

두 사람은 잘 모를 소리를 중얼거리면서 로라의 뺨으로 계속 놀았다.

로라는 엄마에게 도움을 구하려 했지만 어느새 하쿠와 함께 사라지고 없었다.

"엄마아! 샬롯이랑 안나가 괴롭혀!"

두 사람의 손을 뿌리치고 집 안으로 후다닥 뛰어갔다.

도라는 부엌에서 특대 오믈렛을 만들고 있었다.

"우와, 오믈렛이다!"

그것을 본 순간, 로라는 기분이 언짢았던 것도 잊고 날아오를 듯이 기뻐졌다.

"역시 로라가 돌아왔을 땐 오믈렛이지."

"신 난다! 커다란 오믈렛♪"

"말해두는데, 이건 다 같이 나눠 먹는 거야."

"아……."

듣고 보니, 한 명이 먹기에는 너무 크다.

그러나 로라는 오믈렛을 먹을 때만은 위장이 커졌다. 아마 먹으려고 마음먹으면 혼자서도 날름 해치울 수 있으리라.

"삐이."

하쿠가 도라의 머리에서 날아올라, 로라의 머리로 옮겨왔다.

"제가 전부 먹어버리면 하쿠 몫이 없어져버리겠죠…… 할 수 없으니 참을게요."

"삐!"

"대견해요, 로라."

"오믈렛을 참을 수 있다니, 열 살이 된 로라는 뭔가 달라."

부엌으로 온 샬롯과 안나는 감탄사를 연발했다.

열 살이 되어 성장한 것을 칭찬받는 것은 기쁘지만, 이 정도 일로 감탄받는 것은 의외다.

특대 오믈렛을 참는 것 정도는 아홉 살의 로라도 할 수 있었다라고 생각했다.

“자자. 너희들 멍하니 있지 말고 그릇 놔주렴.”

““““네에.””””

도라의 지시에 로라 일행은 접시와 포크를 놓으며 거들었다.

로라는 물론이고 이 집에 여러 번 놀러 온 샬롯과 안나도 훤히 꿰뚫고 있는 부엌이었다. 어디에 뭐가 있는지는 알고 있었다.

“어? 그런데 아빠는?”

“아빠는 드래곤을 퇴치하러 갔단다.”

“드래곤?!”

드래곤은 모든 몬스터 중에서도 최강으로 불리는 종족이다.

모험가가 아니더라도 드래곤이 강한 것은 알고 있다.

『강한 것』『거대한 것』의 대명사로 쓰일 정도로 유명하다.

그러나 로라는 아직 드래곤을 본 적이 없었다.

“그래. 이웃 마을 근처 숲에 드래곤이 살기 시작한 모양이야. 쓰러뜨려달라고 부탁받아서 아빠는 출장 중이야.”

“이웃 마을…… 서둘러 가면 드래곤을 만날 수 있을까?!”

로라는 가슴이 두근거렸다.

길드레아 모험가 학교에는『재학 중, C랭크 지정 이상의 몬스터와 싸워서는 안 된다』는 교칙이 있다.

하지만 드래곤은 최상위인 A랭크다. 따라서 싸울 수는 없지만, 그래도 한번 보고 싶었다.

샬롯과 안나도 같은 마음인지 함께 두근거리기 시작했다.

"아빠가 떠난 건 어제니까 이미 쓰러뜨리고 돌아올 때일 거야."

"뭐야아."

엄마의 대답에 로라는 어깨를 푹 떨구었다.

"우후후. 드래곤이라면 로라의 머리 위에 앉아 있잖니. 그걸 집보다 크게 만든 느낌이야."

"그야 비슷하겠지만……."

로라는 머리 위에서 하쿠를 내려, 양손으로 껴안아봤다.

"삐이?"

하쿠는 다리를 바둥거렸다. 그 모습은 정말 귀여웠다.

"으음…… 박력이 없어……."

"진짜 드래곤도 이렇게 귀엽게 생긴 거예요?"

"이 하쿠는 박력이 없지만, 어미 하쿠는 드래곤이라는 느낌이었어."

"아아, 듣고 보니! 그럼 하쿠도 크면 박력이 생기는 거네요."

"삐!"

하쿠는 날개를 푸드득 펼쳤다. 박력을 나타내려는 건지도 모른다.

"어이, 돌아왔어."

그때 로라의 아빠 브루노의 목소리가 들려왔다.

"아빠, 어서 오세요."

"안녕하세요오."

"스승님, 어서 와. 또 왔어요."

"오, 너희들 왔구나. 마침 잘됐다. 드래곤 꼬리 고기를 갖고 왔어."

""""드래곤 꼬리 고기?!""""

드문 단어를 듣고, 로라 일행은 그만 크게 소리를 질렀다.

그런 로라 일행의 반응이 재미있었는지 브루노는 씨익 웃고는 가방에서 종이 꾸러미를 꺼내 식탁에 올렸다.

사람 머리보다 크다.

그 꾸러미를 열자, 고깃덩어리가 나왔다.

주위에 비늘이 붙어 있고, 잘린 단면의 한가운데에 뼈가 남아 있다.

그야말로 드래곤의 꼬리를 통째로 썰어서 갖고 온 느낌이었다.

"굉장해! 이것만 해도 하쿠보다 커!"

"삐이!"

"어머나. 드래곤 고기라니 오랜만이네. 로라가 태어나고는 처음 인가?"

오믈렛을 다 만든 도라가 신기한 듯이 쳐다봤다.

"드래곤 고기는 먹어본 적 없으니까 분명 처음이야."

“저도 드래곤은 먹어본 적 없어요. 애초에 파는 곳을 본 적도 없어요.”

“나도 먹은 적 없어. 그보다, 먹을 수 있는 거야?”

로라뿐 아니라 샬롯과 안나도 먹어본 적이 없는 모양이었다.

부잣집인 샬롯조차 먹어본 적이 없다는 것은 매우 귀한 식재인 것이리라.

“드래곤의 개채 수는 적으니까. 그리고 누군가가 잡았다 해도 너무 거대해서 옮길 수 없으니까 시장에 나도는 일은 여간해선 없어. 나도 꼬리 일부를 받아 온 것뿐이야. 나머지는 이웃 마을에서 소비하려는 모양이야.”

“아앗, 드래곤을 통째로? 욕심쟁이 아니야?”

로라는 소박한 의문을 던졌다.

브루노가 쓰러뜨린 드래곤이 어느 정도 크기인지는 몰라도, 가령 하쿠의 어미와 비슷한 정도라면, 먹어도 먹어도 다 먹지 못할 거다.

“어이어이. 한두 명이 먹는 게 아니야. 마을 전체가 먹는 거지. 그리고 지금은 겨울이라서 썩지 않고 말이야. 봄이 되기 전에 없어지겠지.”

“그렇구나. 그렇게 듣고 보니 그럴지도 몰라.”

아무리 큰 드래곤이라도 천 명 정도가 매일 먹으면 순식간에 없어질 것 같은 기분이 들었다.

"점심은 이미 오믈렛을 만들어 버렸지만, 저녁은 드래곤 스테이크를 먹자. 한 번으로는 다 못 먹으니까 내일도 먹을 수 있어."

드래곤 스테이크, 굉장한 말이다.

세계 최강의 스테이크다.

이웃 마을 사람들은 그런 걸 매일 먹을 수 있다고 생각하니 진심으로 부러운 마음이 들었다.

"로라. 침 떨어져."

"앗."

도라의 지적에 로라는 황급히 손수건으로 침을 닦았다.

"그렇게 드래곤 고기가 좋니? 엄마가 만든 오믈렛보다?"

엄마가 만든 오믈렛!

그 말 앞에서는 드래곤 스테이크조차 희미해지고 만다.

드래곤 고기가 아무리 진귀해도 역시 로라에게는 엄마가 만든 오믈렛이 세계 최강이다.

"엄마가 만든 오믈렛보다 맛있는 건 없어!"

"우후후. 로라는 늘 기분 좋은 말을 해주는구나. 자, 아빠 접시도 꺼내주렴. 점심 먹자."

특대 오믈렛을 다섯 명과 한 마리가 나눠서 다 같이 먹었다.

아무리 먹어도, 언제 먹어도 둘이 먹다가 하나가 죽어도 모를 만큼 최고로 맛있다.

그러나 드래곤 스테이크도 기대되는 로라였다.

※

드래곤 꼬리 스테이크는 소고기 스테이크와 비교해 조금 단단했다.

하지만 그 식감이 오히려 맛있게 느껴졌다.

지방이 적어서 몸에도 좋을 것 같다.

씹으면 씹을수록 고기의 풍미가 입 안 가득 퍼져갔다.

“소고기 스테이크의 고급스러운 맛도 좋지만, 드래곤은 야생의 거침이 느껴져서 이건 이것대로 훌륭해요오.”

“학교 식당의 햄버그스테이크를 자주 먹는데, 스테이크는 오랜만이야. 아주 맛있어.”

“엄마가 만들어준 오믈렛 맛을 100점이라고 하면 드래곤 스테이크는 93점 정도예요. 높은 점수예요. 별 세 개예요.”

로라 일행에게는 첫 드래곤 고기였지만 무척 입에 맞았다.

이렇게 맛있다면 먹기 위해 드래곤을 찾아다니며 잡아도 좋다.

왜 다들 그러지 않는 걸까…… 하고 한순간 생각했지만, 곰곰이 생각해보니 평범한 사람은 드래곤을 잡을 수가 없다.

로라도 드래곤을 쓰러뜨린 적은 없다.

모험가 학교를 졸업하면, 다 같이 드래곤 퇴치를 하러 가서 그 자리에서 바비큐 파티를 하면 재밌겠다 하고 로라는 공상에 빠졌다.

"삐—."

하쿠도 드래곤 스테이크를 맛있게 먹었다.

과거 하쿠는『과식 & 운동 부족』으로 살이 쪘던 적이 있었다.

그래서 몸 크기에 맞춰서 작은 스테이크를 준비했다. 그것을 먹기 쉽게끔 더욱 잘게 잘라줬다.

하쿠는 작은 드래곤 고기를 앞발로 능숙하게 들어 올려, 입으로 가져가 우물우물 씹었다.

"이건 동족상잔은 아닌 거냐?"

브루노는 하쿠를 쳐다보면서 의문을 던졌다.

"괜찮아, 아빠. 하쿠는 드래곤처럼 생겼지만, 드래곤이 아니라 신수니까."

"삐!"

"그러냐. 그럼 괜찮구나! 돌고래는 물고기를 닮았지만, 물고기가 아니니까 물고기를 먹어도 동족상잔이 아니지!"

브루노는 납득한 듯이 자기 스테이크를 먹는 데 집중했다.

그리고 드래곤 스테이크를 다 먹은 뒤, 다 같이 먹은 것을 치웠다.

로라, 샬롯, 안나, 하쿠 넷이 씻은 다음, 전에 왔을 때처럼 로라의 침대에서 나란히 누웠다.

"으음…… 이번에도 침대 공간에 여유가 있어요……."

로라의 침대는 브루노가 직접 만든 거다.

『내 딸이니까 클 게 틀림없어』라는 이유로 아주 큰 침대가 만들어졌다.

그 덕분에 세 명이 같이 드러누울 수 있었다.

그러나 샬롯과 안나를 처음 이 집에 데리고 온 것은 여름 방학. 이미 5개월도 전이다.

로라의 예정으로는 이미 상당히 키가 자라서 세 명이 누우면 대형 침대라도 좁게 느껴질 터였다.

그러나 예정은 틀어져 침대는 공간이 넘쳤다.

"후후후…… 로라가 여전히 작은 건 좋은 일이에요오."

"맞아. 로라는 계속 그대로여야 해."

"정말! 왜 두 사람은 제가 크는 걸 싫어하는 거예요? 게다가 침대에 여유가 있다는 건, 저뿐만 아니라 샬롯이랑 안나도 자라지 않았다는 거예요."

"어머. 그건 어쩔 수 없어요. 우리는 로라와 달리 성장기가 지난 걸요. 몇 달 사이에 갑자기 크지는 않아요."

"일단 나는 여름 방학 때보다 살짝 컸을 거야."

"끄응…… 저도 지금부터 갑자기 클 거예요. 어쨌든 드래곤 고기를 먹었으니까요. 겨울 방학이 끝날 때쯤에는 샬롯보다 커지겠어요!"

"아무리 그래도 그런 무리예요."

"너무 커지면 『로라』가 아니라 『로라 씨』가 돼. 이건 정체성의 문제야."

안나는 심각하게 말했다.

"제 정체성이 작은 거예요?!"

"그게 전부라고는 하지 않겠지만…… 8할쯤은 차지한다고 생각해."

"네에?! 그렇지 않아요. 커져도 저는 저예요. 그렇죠? 하쿠!"

"삐이?"

이불 속에 들어가 있던 하쿠는 빼꼼 얼굴을 내밀고 고개를 갸웃했다.

"보세요. 하쿠도 커지면 안 된다고 하고 있어요."

"그런 적 없어요! 삐 하고 운 것뿐이에요. 하쿠의 울음소리를 유리하게 날조하면 안 돼요. 자, 오늘은 이만 자요. 내일부터 실컷 놀고 수련도 할 거니까요."

"그래. 수련. 벼락의 마법검(케라우노스)과 바람의 마법검(아네모이)이 스승님한테 어디까지 통하는지 빨리 시험해보고 싶어."

안나가 그렇게 중얼거리자, 벽에 세워져 있던 두 자루의 마법검에서 부우웅부우웅 하고 낮은 신음소리 같은 목소리가 들려왔다.

이 두 자루는 고대 문명의 유물로, 의사를 가진 마법검이다.

안나는 벼락의 마법검과 바람의 마법검에게 마스터로 선택받고, 그 마력을 잘 구사할 수 있도록 단련을 거듭해왔다.

그 성과를 스승에게 시험해보려는 거다.

안나의 스승은 로라의 아버지 브루노다.

로라의 부모는 둘 다 교과서에 실릴 정도로 강한 A랭크 모험가다.

A랭크의 조건은 혼자서 드래곤을 쓰러뜨릴 수 있는 것이지만, 그 A랭크 중에서도 브루노와 도라는 최상위인 모양이다.

어쨌든 두 사람 모두 드래곤이 세 마리 정도 동시에 달려들어도 여유롭게 쓰러뜨릴 수 있다고 말했었다.

안나는 분명 강해졌다. 그러나 아직 브루노에게는 이기지 못하리라. 그럼에도, 아니, 그렇기에 더더욱 도전한다.

지금의 자신이 얼마나 강한지 알기 위해서. 지금의 자신보다 내일의 자신이 조금씩 강해지기 위해서. 언젠가 스승을 뛰어넘기 위해서—.

"그럼 안나가 브루노 아저씨랑 싸울 동안, 저는 로라랑 대결할게요!"

"앗, 저랑 샬롯이랑요? 으음…… 적당히 하지 않으면 마을이 불바다가 돼요……."

"그런 위험한 싸움은 하지 않아요. 좀 더 평화적인 대결이 생각났어요."

"와아! 어떤 대결인데요?"

"후후…… 그건 내일까지 비밀이에요."

"우우…… 궁금해요. 내일이 너무 기다려져요……."

로라가 입술을 삐죽거리자 안나가 획기적인 아이디어를 말했다.

"자고 일어나면 저절로 내일이 될 거야."

"굉장한 발견이에요…… 수많은 마법사가 시간 이동의 마법에 도전했지만 아직까지 누구도 성공한 적 없다고 수업 시간에 배웠는데…… 안나는 전사학과인데 시간을 이동하는 법을 발견해냈군요!"

"딱히 시간 이동은 한 적 없어."

"로라. 그렇게 흥분하면 잠이 오지 않아요. 자, 평소처럼 안아줄 테니까 빨리 자요."

"우우? 마치 샬롯이 안아주면 제가 순식간에 잠드는 것처럼 말하네요?"

로라는 그렇게 항의하려 했지만.

"푸우."

"벌써 잠들었어?! 순식간에 잠드는 건 샬롯이었군요……."

샬롯은 로라의 오른쪽에 매달려, 이미 새근새근 숨소리를 내고 있었다.

그리고 왼쪽에서도 숨소리가 들렸다.

"쿠…… 울……."

"안나도 저한테 매달려서 잠들었어요…… 어라, 하쿠도?"

"뿌이……."

하쿠는 로라의 가슴에 엎드린 채 눈을 감고 있었다.

"으음…… 이렇게 다 달라붙어 있으니 자기 힘들어요…… 과연 제대로 잠들 수 있을까요……."

로라는 그렇게 불안함을 말해봤다.

그리고 5초 후, 보란 듯이 푹 잠들었다.

문득 눈을 뜨니, 이미 아침이었다.

"시간 이동 마법 완성이에요!"

로라는 커튼을 열어젖히면서 환호성을 질렀다.

그러자 안나가 굼실굼실 일어나, 아침부터 냉정하게 지적했다.

"로라…… 그거 마법 아니야."

한편, 샬롯은 아직 일어나지 않고, 침대에서 사라진 로라 대신 하쿠를 안고 있었다.

"흠냐흠냐…… 로라, 여전히 작네요오……."

"삐……."

샬롯과 하쿠는 사이좋게 끌어안고 행복하게 잠들어 있었다.

너무 행복해 보여서 방해하는 건 망설여지지만, 아침이니 일어나야 한다.

"샬롯, 하쿠, 일어나세요오!"

모처럼 겨울 방학 숙제를 끝냈다. 남은 날은 최선을 다해 진탕 놀아야 한다.

게으른 잠을 탐할 시간은 없다.

※

펑펑 눈이 내리고 있었다.

땅도 지붕도 하얗게 물들어, 그곳에 발자국을 새기며 걷는 것이 즐겁다.

햇빛이 눈과 호수에 반사되어 반짝반짝 빛났다.

로라는 찬 공기를 들이마셔 몸이 안쪽부터 차가워지는 느낌이 들었다.

무척 환상적인 아침이었다. 그러나 그 아름다운 풍경을 몽탕 태워버릴 듯이 뿜어져 나오는 거친 빛이 있었다.

"벼락의 마법검, 바람의 마법검!"

붉은 머리칼의 소녀 안나가 쌍검의 이름을 부르고, 칼을 뽑았다.

그와 동시에 검에서 저음이 퍼져 나와, 차가운 공기를 진동시켰다.

그리고 번개와 회오리바람이 안나를 중심으로 휘몰아치며 주변의 눈을 녹였다.

무시무시한 열량이지만, 이것은 마법의 쌍검이 지닌 힘의 일부에 지나지 않는다.

그것을 쥔 안나와 마주한 브루노는 조금도 주눅 드는 일이 없이, 오히려 즐거운 듯 입꼬리를 비틀며 웃었다.

"굉장한 벼락과 바람이군. 가까이에 있는 것만으로도 살이 찌릿해. 하지만 벼락 마법과 바람 마법쯤은 여러 번 맞아봤어. 그 정도로는 날 쓰러뜨릴 수 없어."

"알아…… 이건 어디까지나 준비 체조 같은 거야. 진짜 힘을 지금부터 보여줄게."

"그거 기대되는군. 전에 그 바람의 마법검에 의식을 빼앗겼지만, 오늘은 그렇게는 안 돼!"

브루노도 검을 겨누었다.

과거 브루노는 아내인 도라에게 혼난 충격으로 정신적으로 불안정해져서, 그 틈에 바람의 마법검에게 의식을 빼앗긴 적이 있었다.

그러나 지금은 기합으로 가득찼다.

일류 검사의 박력은 그저 그곳에 서 있는 것만으로도 안나가 내뿜는 벼락과 바람보다 위압감이 있었다.

이렇게 된 브루노의 의식을 빼앗는 것은 불가능하리라.

더욱이 벼락의 마법검과 바람의 마법검은 이제 완전히 안나의 통제 하에 있다.

마음대로 돌아다니며 사람의 의식을 빼앗지는 않는다.

무엇보다 안나는 자신의 기량이 어느 정도가 됐는지 확인하기 위해 이곳에 서 있었다.

의식을 빼앗아서 이기는 것은 본말전도다.

설령 가능하다 해도 할 리가 없었다.

"그럼, 스승님…… 갈게!"

"좋다!"

안나는 전기를 몸에 흘려, 근력을 한계까지 끌어냈다. 거기에 더해 돌풍으로 자신을 가속시켰다.

그 콤비 기술에 심상치 않은 가속을 실현시켰다. 안나의 체격에서는 상상할 수 없는 초속으로 브루노를 향해 쇄도했다.

제아무리 브루노라도 순간 눈을 크게 뜨고 경악했다.

그러나 역시 브루노였다.

안나의 검이 쇄도하는 찰나 평상심을 되찾고, 놀라운 검의 속도로 물리쳤다.

"윽!"

안나가 내리친 벼락의 마법검이 튕겨 나갔다.

그러나 아직 바람의 마법검이 남아 있었다.

한쪽이 막혀도 다른 한 자루로 추격할 수 있는 것이 쌍검의 이전이다.

하지만 브루노의 검이 너무 굉장해서 안나는 중심을 잃었다. 쓰러지지 않게 힘껏 버티는 것이 고작으로 추격할 상황이 아니다. 그럼에도 안나는 불안정한 자세에서 억지로 바람의 마법검을 옆으로 휘둘렀다.

그것은 전류에 의한 근육의 강제 가동이었다.

안나는 극심한 고통에 얼굴을 일그러뜨렸다.

자기 자신에게 대미지를 주는 부조리한 기술이다.

하지만 그렇기에 인체 구조의 한계를 극복하는 일격은 브루노에게 이해 밖의 영역일 터였다.

경험이 풍부한 검사이기에 더욱 브루노는 안나가 그 자세에서 검을 휘두를 줄은 몰랐다.

"무슨?!"

자신의 옆구리로 쇄도하는 칼날을 보고, 브루노는 허를 찔린 표정을 지었다.

멋진 기습이다.

보통이라면, 이걸로 끝이다.

물론, A랭크 모험가는 **보통**과는 거리가 멀다.

기습의 타이밍은 완벽했다.

브루노가 허를 찔린 것은 사실이리라.

그럼에도 여전히 브루노의 방어를 돌파할 수는 없다.

기습이 어쨌냐는 듯 신들린 속도로 브루노의 검이 움직였다.

그 결과, 바람의 마법검은 브루노의 옷조차 가르는 일 없이 새된 금속음을 퍼뜨리는 데 그쳤다.

읽기에서 졌으면서, 단순한 반사 신경만으로 방어를 성공시켜버렸다.

아아, 이런 부조리란.

그게 바로 A랭크 모험가.

그게 바로 브루노 에드몬즈라는 검사다.

고대 문명의 마법검을 완벽히 다룰 수 있게 됐다?

끊임없는 단련을 거듭해왔다?

그 정도로 돌파할 수 있을 만큼 호락호락하지는 않다.

"크—."

안나는 분한 듯이 신음했다.

"제법인데, 안나. 그만 진지해져버렸어."

하지만 브루노는 극찬했다.

그것은 칭찬이나 입에 발린 말이 아니다.

왜냐하면 브루노는 지금 몸에서 마력이 마구 뿜어져 나오고 있는『기합의 진지 모드』였다.

실제로는 그냥 강화 마법이지만, 브루노는 오랫동안 그것이 마법인 줄 모르고, 기합을 넣으면 강해진다고 믿었다.

강화 마법이라는 로라의 지적에 마법사인 브루노는 충격을 받았었지만…… 그런 바보 같은 경위와는 달리 『기합의 진지 모드』는 강하다.

브루노가 진검 승부를 할 때만 나타나는 상태였다.

교과서에 이름이 실릴 정도의 검사 브루노가 아직 열네 살인 안나의 검을 막는 데 진심을 발휘할 수밖에 없었다.

그것은 분명 칭찬받아 마땅한 위업이다.

그런데도 안나는 조금도 기쁜 것 같지 않았다.

"……스승님이 진심을 발휘하게 한 정도로 만족해서는, 언제까지고 뛰어넘을 수 없어!"

"크크… 욕심꾸러기 녀석이군. 좋아, 모험가는 그래야 재미있지. 자, 덤벼라. 전부 튕겨 내주마."

"바라던 바야."

안나는 벼락과 바람을 몸에 감고, 초고속 참격으로 브루노를 덮쳤다.

조금 전의 공방으로 안나의 속셈은 읽혔다.

따라서 기습은 더는 불가능하다.

지금부터는 순수한 검기로 진검 승부다.

그 분야에서 브루노는 엄청난 힘을 발휘하는 타입이었다.

정면으로 이기는 것은 어려웠다.

그러나 그 어려움을 극복하고 싶기에 안나는 덤볐다.

겨울이 찾아온 마을에 천둥과 번개가 스쳤다.

검과 검이 충돌해 불꽃이 꽃밭처럼 무수히 퍼져나가서는 흩어졌다.

그런 두 사람의 싸움을 지켜보고 있던 로라는 마음속으로 안나에게 응원을 보냈다.

원래는 로라야말로 브루노의 검기를 계승할 터였다.

그런데 길드레아 모험가 학교에 입학한 뒤, 완전히 마법사가 돼버렸다.

로라는 그것에 대해 미안한 마음을 갖고 있었기에 안나가 대신 브루노와 검술 대련을 해주는 것이 고마웠다.

물론 안나는 로라 대신 하고 있다는 의식은 없으리라. 그녀는 자신을 위해 브루노의 제자가 되었다.

그러나 그럼에도 로라가 검보다 마법을 택한 것에 브루노는 진심으로 충격을 받았었다. 그런 브루노가 기운을 차린 것은 안나의 덕분이었다.

안나의 검술은 점점 늘어갔다.

언젠가는 진짜 브루노를 뛰어넘을 거라는 생각이 들 정도로.

로라 역시 자신에게는 마법이 있으니까라고 방심하면 분명 추월당하고 만다.

그러므로…….

※

"로라. 안나를 응원하는 것도 좋지만, 우리도 싸워요."

칼 소리가 울려 퍼지는 가운데, 샬롯은 허리에 손을 얹고 우뚝 서서 외쳤다.

늘 목소리가 큰 사람이지만, 지금은 주변이 시끄러워서 더욱 큰 소리로 외쳤다.

"좋아요, 샬롯! 좀 더 안나와 아빠를 보고 싶지만, 끝이 없으니까요! 그래서, 어떤 대결을 하는데요?"

"후후후. 로라, 수업 시간에 에밀리아 선생님께 인형 움직이는 법을 배운 걸 기억해요?"

"기억해요. 좀처럼 쓸 기회가 없지만요."

그것은 인형이나 갑옷 같은 사람의 형태를 한 물건에 술식과 마력을 채워 조종하는 마법이다.

『꼭두각시 조종 마법』이라고 한다.

가정부로 부리거나 병사 대신 삼는 모양이다.

대현자는 흰 갑옷에 이 마법을 걸어, 자택의 가사 도우미와 경비를 맡기고 있었다.

"오늘은 그 꼭두각시 조종 마법으로 대결해요."

"흠. 그래서 뭘 조종하는데요?"

"로라. 주위를 보세요. 눈이 잔뜩 쌓였죠? 이걸로 눈사람이든 조각상이든 좋아하는 걸 만들어서 싸우게 해요. 먼저 원형이 무너지는 쪽이 지는 거예요."

"오오, 그거 재밌을 것 같아요!"

"점심까지 세 시간 정도가 있어요. 그때까지 눈으로 뭔가를 만들어서, 점심을 먹고 오후에 대결해요."

"좋아요. 그럼 저랑 샬롯은 다른 장소에서 만들지 않을래요? 싸울 때까지 서로 뭘 조종하는지 모르는 게 재미있을 거예요."

"그거 좋은 생각이에요!"

"그럼 저는 호수 반대쪽에서 만들게요. 하쿠, 레츠 고예요!"

"삐!"

로라는 하쿠를 데리고 날아올랐다.

참고로 하쿠에게는 혼자 힘으로 날갯짓하게 했다.

마을에서 마을로 장거리 이동할 때는 하쿠를 머리 위에 태우고 날지만, 호수를 가로지르는 정도라면 스스로 나는 게 운동이 되고 좋다.

어쨌든 일전에 하쿠는 과식과 운동 부족 탓에 동그랗게 살이

쪄서 마시멜로 같은 체형이 됐었다.

다시는 같은 실수를 되풀이해서는 안 된다.

“도착했어요. 자, 그럼, 뭘 만들면 좋을까요.”

“삐—.”

로라가 설원에 내려서자, 하쿠는 로라의 머리 위에 착지했다.

그 순간, 로라는 영감을 얻었다.

“그래요! 눈사람 위에 작은 눈사람을 얹어요. 저랑 하쿠를 재현하는 거예요. 좋은 생각 같지 않아요?”

“삐—.”

“그렇죠? 그렇죠?”

로라는 하쿠의 울음소리를 긍정이라고 마음대로 해석하고 아주 만족했다.

그러나 실제로 이중 눈사람은 참신한 아이디어라고 생각했다.

게다가 눈덩이를 네 개 만들어서 포개면 그만이니 만드는 것도 쉽다.

“구조가 단순한 만큼 크게 만드는 데 집중할 수 있어요. 질보다 양이 주제예요.”

로라는 즉시 눈덩이를 굴리기 시작했다.

참고로, 이곳은 밀레베룬 마을이 있는 곳의 맞은편 강가라서 주위에 건물은 전혀 없다.

실컷 눈덩이를 데굴데굴 굴릴 수 있다.

"못해도 집보다 큰 눈덩이를 만들 거예요!"

로라가 의욕을 불태우며 작업을 하고 있자니, 하쿠가 폴짝 뛰어내려 자기도 앞발을 써서 작은 눈덩어리를 만들어낸 것이 아닌가.

"하쿠도 도와주는 거예요? 그럼 하쿠는 작은 눈사람을 부탁해요. 제가 만든 눈사람 위에 하쿠의 눈사람을 얹어요!"

"삐—!"

하쿠는 고작 새끼 고양이 정도 크기라서, 만들 수 있는 눈덩이의 크기는 정도가 빤하다.

그러나 위에 얹는 것뿐이니 작은 것이 좋을지도 모른다.

크기가 비슷한 눈사람을 세로로 늘어놓으면, 그냥 당고처럼 보일 뿐일 거다.

"데굴데굴데굴~♪"

"삐삐삐삐~♪"

로라와 하쿠는 나란히 눈덩이를 굴렸다.

좀처럼 커지지 않아서 로라는 반칙을 쓰기로 했다. 마법으로 주변의 눈을 모으면서 나아가는 거다. 이로써 눈덩이가 닿지 않은 곳의 눈까지 흡수할 수 있다.

그렇게 한 시간 정도 나아갔더니, 숲에 이르렀다.

로라의 눈덩이는 이미 집보다 커져 있었다.

이 이상 굴리면 나무를 꺾으면서 나아가야 한다. 환경 파괴는 바람직하지 않으므로 첫 번째 눈덩이는 이 정도 크기로 해두기로 했다.

"하쿠도 잘하네요! 눈덩이가 수박 정도 크기로 자랐어요!"

"삐이."

하쿠는 자기가 만든 눈덩이 위에 올라 자랑스레 날개를 펼쳤다.

"하나 더 만들어요. 시작 지점으로 돌아갈게요!"

"삐—."

조금 전의 장소로 날아가 다시 눈덩이를 데굴데굴 굴려 또 숲 앞까지 다다랐다.

"됐다. 이제 재료는 갖춰졌어요. 으음…… 처음에 만든 눈덩이가 약간 더 크네요. 새로 만든 걸 위에 올려요. 에잇!"

집보다 큰 눈덩이다.

그것도 푹신푹신 가벼운 것이 아니라, 마법의 힘으로 딱딱하게 압축한 덩어리다.

원래는 열 살 소녀가 움직일 수 있는 것이 아니다.

그러나 로라는 강화 마법으로 자신의 근력을 강화해, 눈덩이를 가볍게 들어 올려 폴짝 뛰었다.

눈덩이를 두 개 포개, 아주 간단히 거대 눈사람을 완성했다.

"됐다! 이거면 적어도 크기로는 샬롯한테 지지 않을 거예요!"

삐!
파닥
파닥
응응

"삐—."

"하쿠도 혼자서 눈사람을 다 만든 거예요? 훌륭해요!"

"삐이."

로라가 만든 것과 비교할 것도 없이, 하쿠가 만든 눈사람은 작다.

그래도 하쿠는 로라의 도움 없이 눈사람을 완성시켰다.

아직 한 살도 되지 않았는데 굉장한 지능이다.

로라가 하쿠 정도의 나이였을 때는 눈사람 따위 만들지 못했다. 기억은 없지만, 응애응애 울기만 했을 거다.

거기에 비하면 하쿠는 천재였다.

"하쿠. 장래에는 박사님이 될 수 있을지도 몰라요!"

"삐이?"

무슨 소린지 모르겠다는 얼굴로 하쿠는 고개를 갸웃했다.

아직 장래를 생각하는 것은 너무 이를까.

하지만 이렇게 훌륭히 눈사람을 만들어냈다. 분명 멋진 눈사람 박사가 될 수 있으리라.

다만, 눈사람 박사라는 것은 로라가 지금 대충 생각해낸 박사이므로, 일단은 눈사람학이란 무엇인지를 정하지 않으면, 눈사람 박사는 될 수 없을지도 모른다.

박사가 되는 여정은 생각보다 험난할 듯하다.

"인생은 냉혹하네요오."

"삐―?"

로라는 하쿠를 다시 머리 위에 태우고, 완성한 눈사람을 올려다보면서 눈사람에 대해 진지하게 생각해봤다.

"이렇게 일단 형태는 완성됐지만…… 좀 너무 평범하네요…… 단순히 크기만 한 건 지향성이 낮은 느낌이 들어요. 좀 더 장식성이 있어야 해요."

"삐이삐이."

로라가 턱에 손을 붙이고「으음」하고 고민하고 있자, 하쿠가 앞발을 파닥거리며 놀기 시작했다.

"앗, 그래요! 팔이 빠졌어요. 팔이 없으면 샬롯과의 대결에서 불리해요. 하지만 눈으로 팔을 만드는 건 어려워요……."

고민 끝에 로라는 숲의 나무를 두 그루 꺾어, 눈사람에 꽂아 팔을 만들기로 했다.

방금 환경 파괴를 걱정하자마자 이런 짓을 하는 것은 스스로도 심하다고 생각했지만, 이것도 눈사람학의 발전을 위해서다. 다소의 희생은 어쩔 수 없다.

"가시가 있는 침엽수라서 강해 보여요!"

"삐!"

"하쿠가 만든 눈사람에는 작은 가지를 붙여요!"

"삐―♪"

"근사해졌어요! 그래도…… 아직 뭔가 부족해요. 얼굴을 붙여볼까요?"

로라는 주변에 있던 바위를 때리고 차서 둥글게 깎아내, 눈 부분에 끼워 넣었다.

하는 김에 작은 돌로 하쿠의 소형 눈사람에도 얼굴을 그렸다.

"우와! 얼굴 같아요. 이제 두 눈사람을 포개면—."

로라는 하쿠가 만든 작은 눈사람을 들고, 비행 마법으로 날아올랐다.

하쿠도 스스로 날갯짓해 쫓아왔다.

"합체!"

로라는 대형 눈사람 위에 소형 눈사람을 얹었다.

이로써 처음 예정한 대로의 눈사람이 완성됐다.

아니, 얼굴과 팔이 붙어 있으니 제법 훌륭하다고도 할 수 있었다.

"해냈어요, 하쿠."

"삐—."

"이 상태로 분발하면, 정말로 눈사람 박사가 될 수 있을지도 몰라요!"

"삐—?"

"아아, 그래도 우리는 모험가가 되기로 했어요. 눈사람 박사는 잊어요……."

"삐이!"

이리하여 호숫가의 설원에서 꽃필 뻔한 『눈사람학』이라는 새로운 학문은 로라의 장래 직업 선택이라는 문제로 인해 조속히 막을 내렸다.

그러나 눈이 내리는 한, 눈사람은 영원하다.

언젠가 분명 누군가가 로라의 뒤를 이어 눈사람학을 부활시켜 줄 것이 틀림없다.

"아. 슬슬 점심 먹을 시간이에요. 배고파요. 집에 가서 밥 먹어요."

"삐—."

점심밥에 마음을 빼앗긴 로라와 하쿠는 휙휙 날아 집으로 돌아갔다.

그리고 드래곤 고기가 들어간 스튜를 먹는 사이에 눈사람학을 까맣게 잊고 말았다.

발안자인 로라의 머릿속에서 사라짐으로써, 눈사람학은 세상에서 완전히 소멸하고 말았다.

※

점심을 다 먹은 로라 일행과 한 마리는 집 앞에 모여 오후 일정에 대해서 이야기했다.

로라와 샬롯은 예정대로『꼭두각시 조종 마법』으로 대결을 준비했다.

안나의 검 수련은 오전 중에 끝나, 오후는 자유 시간인 모양이었다.

"샬롯. 눈사람은 완성했어요?"

"우후후. 저는 눈사람이 아니라, 고저스한 눈 조각상이에요!"

"고저스군요. 샬롯답네요오. 아무튼, 어디서 싸우게 할까요?"

"말할 것도 없이 마을 안은 안 돼요. 마을 밖에 어딘가 알기 쉬운 약속 장소 없을까요?"

"으음…… 눈으로 뒤덮여 있어서 표지가 될 만한 게 없네요오."

거기까지 말했을 때, 로라는 좋은 생각이 났다.

"그래요! 설원 한복판에서 안나가 하늘을 향해 벼락을 쏴 번쩍번쩍 빛나게 해주면 돼요. 그럼 멀리서도 알 수 있어요!"

"획기적인 생각이에요!"

샬롯은 극찬해주었다.

"맙소사."

그러나 로라의 계획을 실행하는 안나는「무리한 요구야」라는 반응이었다.

다만 진심으로 싫어하는 것은 아니니라.

안나의 표정은 읽기 어렵지만, 로라는 이미 오랫동안 친구로 지

내왔기에 미묘한 변화를 알아챌 수 있다.

지금 것은 「좀 싫지만, 뭐, 상관없나」라는 얼굴이다.

"그럼, 안나는 설원 어딘가에서 번쩍번쩍 빛나고 있어주세요. 저랑 샬롯은 거기로 각자의 눈사람과 조각상을 옮길게요."

"삐까삐—."

안나는 자못 전기를 쏘는 것 같은 중얼거림을 남기고, 설원을 향해 걸어갔다.

"삐삐삐—."

하쿠는 어째선지 안나를 흉내 내려 했다. 그러나 하쿠는 전기를 쏠 수 없다. 안타까워라.

로라는 샬롯과 헤어져 눈사람을 가지러 갔다. 그리고 대형 눈사람의 머리 위에 서고, 하쿠는 자기가 만든 소형 눈사람의 옆에 섰다.

"집 지붕보다 높으니 왠지 저까지 커진 기분이에요. 하늘을 나는 것과는 어딘가 달라요!"

"삐—."

어쨌든 눈덩이 하나가 2층 건물인 집보다 크다. 그것이 두 개이니 5층 건물 정도 크기다.

이 정도 높이의 건물은 왕도에서도 드물다.

"그럼, 눈사람 출발이에요!"

로라는 꼭두각시 조종 마법을 걸었다.

그러자 로라의 뜻에 따라 눈사람이 걷기 시작했다.

다만 눈사람은 다리가 없으므로 정확히는 걷는 것이 아니다.

보이지 않는 무언가에 의해 끌려가듯이 스스슥 설원을 깎으면서 미끄러져 나아가고 있었다.

"저쪽에서 벼락이 번쩍번쩍 빛나고 있어요. 표지인 안나예요."

지상에서 하늘로 올라가는 벼락을 표지로 눈사람을 전진시켰다.

"안나, 야호—."

로라는 눈사람 위에서 안나에게 손을 흔들었다.

그러자 안나는 벼락의 마법검째 팔을 흔들어 응답했다.

벼락이 부왕부왕 하고 흔들려서 위험하다.

"로라. 벼락을 계속 쏘는 거 피곤한데. 이제 그만해도 돼?"

"샬롯이 올 때까지 힘내주세요오."

"맙소사."

그렇게 투덜거리면서 안나는 안색을 바꾸지 않고 벼락을 쐈다.

이렇게 장시간 전기를 계속 방출해도 피로를 보이지 않는 것은 대단하다.

그렇게 로라가 감탄하고 있는데, 멀리서 큰 웃음소리가 들려왔다.

"오호호호!"

완전히 악당의 웃음이다.

그 웃음소리와 함께 커다란 눈 조각상 하나가 걸어왔다.

"괴, 굉장한 눈 조각상이에요…… 그보다, 그거 거대한 샬롯이 잖아요!"

로라가 가리킨 눈 조각상은 그야말로 샬롯의 형태를 하고 있었다.

복잡한 모양을 한 머리카락의 웨이브도, 커다란 가슴도, 자신에 찬 외모도 충실히 재현돼 있다.

다른 점은 색깔. 그리고 크기다.

로라가 크게 만든 눈사람과 맞먹는 높이였다.

"샬롯…… 그렇게 거대한 자신의 눈 조각상을 만들다니…… 얼마나 자기 자신을 좋아하는 거예요?!"

"무슨! 그렇게 말하면 마치 제가 나르시스트 같잖아요. 자신감이 있다고 말해주세요."

자신을 본뜬 눈 조각상 위에 선 샬롯은 로라의 말에 반론했다.

그러나 별로 반론이 되지 않았다. 결국, 표현을 바꿨을 뿐 말하고 있는 것은 같다.

그러나 그건 그렇고.

저 눈 조각상은 기술적으로는 훌륭하다. 어떻게 하면 이렇게 똑같이 만들 수 있을까. 게다가 이런 크기로.

"샬롯. 어떻게 만든 거예요?"

"후후후…… 이 샬롯 가자드가 나서면, 이 정도는 식은 죽 먹기라구요!"

"그렇게 머리카락을 끌어 올리지만 말고 가르쳐주세요! 그리고 식은 죽 먹기라고 하지만, 같이 아침을 먹고 작업에 들어갔잖아요. 정확히는 점심 먹기 전이에요."

"간단해요. 우선 아주 큰 눈 블록을 만드는 거예요."

"흠흠."

"그리고 그걸…… 이런저런 방법으로 깎아서 형태를 완성해가는 거예요!"

샬롯은 가슴을 활짝 펴고 외쳤다.

설명은 그걸로 끝이었다.

"저기, 그러니까…… 특별한 방법을 쓰지 않고 만들었다는 거예요……?"

"그래요. 저의 예술 감각이 폭발했어요!"

샬롯은 다시 「오호호호!」 하고 큰 소리로 웃었다.

거기에 맞춰 조각상도 크게 웃는 몸짓을 했다.

"우우…… 지적하고 싶지만, 정말 훌륭한 기술이라 인정할 수밖에 없어요……."

로라는 우울한 기분으로 어깨를 떨구었다.

"그래도 그림은 그렇게 못 그리면서, 입체물은 잘 만들 수 있다니 이상해."

안나는 눈 조각상을 올려다보면서 불쑥 의문을 제기했다.

"아아, 그래도 샬롯은 사복 센스는 좋으니 딱히 감각이 나쁜 건 아니에요. 분명 그림과 입체물은 뇌를 사용하는 부위가 다른 거예요."

"즉, 샬롯의 뇌는 그림을 그리는 부위가 약해."

"남의 뇌를 약하다고 말하지 마세요!"

로라와 안나가 냉정한 분석을 하고 있자니, 샬롯이 외쳤다.

"그리고 로라. 그런 눈사람으로 싸우는 거예요? 그야말로 손도 발도 쓸 수 없는 형상이에요. 뭐, 다리는 처음부터 없는 것 같지만요."

"생긴 걸로 판단하지 마세요! 이 눈사람은 저랑 하쿠가 힘을 합쳐서 열심히 만든 거예요! 무적이에요! 샬롯의 눈 조각상 따위 혼쭐내줄 수 있어요!"

"어머, 로라. 그렇게 강하게 나와도 되겠어요? 아무리 로라의 마력이 굉장해도, 이 대결은 어디까지나 꼭두각시 조종. 꼭두각시의 완성도는 저의 압승이에요오!"

샬롯의 말에는 일리가 있다.

로라는 자신과 하쿠가 만든 눈사람이 틀렸다고는 생각하지 않지만, 샬롯의 눈 조각상은 미술관에 장식해도 부끄럽지 않을 정도의 완성도였다.

이곳까지 걸어왔을 때의 움직임을 보더라도, 진짜 인간처럼 부드럽게 움직일 것이다.

그러나.

이 대결은 어디까지나 『먼저 원형이 무너지는 쪽이 패배』라는 규칙이다.

움직임의 섬세함이나 복잡함을 다투는 것이 아니다.

따라서 눈사람이 단순한 움직임밖에 할 수 없다고 해서 반드시 지는 것은 아니다.

오히려 구조가 단순한 만큼 튼튼해 충돌에는 유리하다.

"샬롯의 코를 납작하게 만들어주겠어요! 안나, 신호를 부탁해요!"

"알았어. 그럼, 시작."

안나의 의욕 없는 신호와 함께 로라의 눈사람과 샬롯의 눈 조각상이 동시에 움직이기 시작했다.

눈사람은 스스슥 지면을 미끄러져 나아갔다.

한편, 샬롯의 눈 조각상은 타박 타박 하고 경쾌하게 뛰어서 접근해왔다. 속도 차이가 심하게 났다.

"선수 필승이에요!"

샬롯 눈 조각상의 날라차기가 눈사람의 안면에 쇄도했다.

"그렇게 간단히는 안 돼요! 대회전!"

눈사람은 분명 재빨리 이동할 수 없다.

그러나 **그 자리에서 이동하지 않고 움직이는** 거라면 이야기는 다르다.

"아니!"

눈사람은 팽이처럼 회전하기 시작했다.

그리고 팔 대신 꽂은 침엽수의 끝으로 샤롯 눈 조각상의 날라차기를 튕겨냈다.

"오오~~."

옆에서 보고 있던 안나가 탄성을 질렀다.

승부와는 무관한 방관자라서 태평하다.

"설마 그런 고속 회전을 하다니…… 과연 로라다워요!"

"말했잖아요. 저랑 하쿠가 만든 눈사람은 무적이라고요. 하지만 샤롯의 눈 조각상도 튼튼하네요. 지금의 충돌로도 전혀 망가지지 않았어요."

"전체를 방어 결계로 감쌌으니까요. 당연해요."

"그걸 계산에 넣어도예요. 자, 다음은 제 차례예요. 가라, 로켓펀치!"

로라의 구령과 함께 눈사람에게서 두 그루의 침엽수가 분리돼, 샤롯 눈 조각상을 향해 날아갔다.

"이런 공격은 예상하지 못했어요! 하지만 물리치겠어요!"

침엽수 로켓 펀치는 샤롯 눈 조각상의 잽싼 발차기에 튕겨 나가고 말았다.

공중에서 뱅글뱅글 회전하는 침엽수를, 로라는 마법으로 회수해 다시 눈사람에 결합시켰다.

"끄응…… 로켓 펀치가 통하지 않다니…… 제법이군요, 샬롯!"

"이 눈 조각상의 유연함은 저 스스로도 놀랄 정도예요. 그런 침엽수가 날아와봤자 아무렇지 않아요!"

"음…… 이렇게 된 이상 제가 직접 공격 마법을 쏴서 눈 조각상을 녹이는 수밖에……."

"그, 그건 반칙이에요!"

"에엑, 그런 거예요?"

세세한 규칙을 정하지 않았는데 갑자기 반칙이라고 하면 곤란하다.

누군가 제삼자에게 심판을 봐달라고 해야 한다.

그렇지만 이 자리에 있는 제삼자는 하쿠와 안나뿐이다.

하쿠에게 심판은 무리이니 필연적으로 안나가 해주는 수밖에 없다.

"안나는 어떻게 생각해요?"

"나도 로라가 직접 공격하는 건 반칙 같아. 이건 눈으로 만든 것을 움직여서 싸우는 대결이잖아? 그럼 본인이 싸우는 건 없기야."

"우우…… 알았어요. 심판이 그렇게 말하면 따르는 수밖에요."

"나, 심판이었어……."

"지금 막 심판이 됐어요! 그러니 샬롯. 다시 시작이에요!"

"오호호호. 어디서든지 덤비세요!"

샬롯은 여유로운 표정이다.

실제로, 로라의 직접 공격이 금지된 이상 이 승부는 샬롯에게 유리하다.

"삐—."

로라가 고민하고 있자, 하쿠가 작은 눈사람 위에서 날뛰며 뭔가 호소해왔다.

"하쿠. 지금은 한창 승부 중이라서 놀 수 없어요……."

거기까지 말했을 때, 로라는 멋진 전술이 떠올랐다.

"그래요! 작은 눈사람도 훌륭한 전력이에요! 그냥 장식이 아니에요! 하쿠 덕분에 이길 수 있겠어요!"

"삐—."

하쿠는 만족스레 끄덕였다.

"오호호호. 로라, 하쿠와 떠들 여유가 있는 거예요?!"

샬롯 눈 조각상이 주먹과 발차기를 연달아 날려왔다.

로라는 눈사람을 후퇴시키면서, 침엽수 팔을 휘둘러 그것들을 막으려 했다.

그러나 속도가 너무 달라서, 대부분 맞고 말았다.

눈사람 전체에 방어 결계를 걸어서 부서지지는 않지만, 휘청휘

청 흔들리는 것은 막을 수 없었다.

이대로라면 조간만 데굴 뒤로 구르고 만다.

그렇게 되면 분명 샬롯 눈 조각상은 올라타서 때릴 게 틀림없다.

눈사람의 표면은 방어 결계로 튼튼하게 했지만, 어차피 눈덩이 두 개를 포갰을 뿐인 구조라서, 접합부를 집중적으로 노리면 목이 떨어질 가능성이 높았다.

목이 떨어지면 이미 눈사람이 아니므로 로라의 패배였다.

"자, 이제 조금만 더 하면 로라의 눈사람은 꽈당이에요!"

샬롯은 완전히 승리를 확신한 얼굴이었다.

그러나 그 방심이 파멸을 불렀다.

"방심했죠, 샬롯!"

"앗?!"

그때, 이미 눈사람은 샬롯 눈 조각상의 뒤로 돌아 들어가 있었다.

다만, 그것은 로라가 만든 대형 눈사람이 아니었다. 하쿠가 만든 작은 눈사람이었고, 몰래 분리해 이동시켰다.

눈사람의 전신은 굳건한 방어 결계로 단단해져 있었다.

샬롯이 깨달았을 때는 이미 늦었다.

작은 눈사람은 탄알처럼 땅을 박차고 올라, 샬롯 눈 조각상의 한쪽 다리를 꿰뚫었다.

"아아!"

한쪽 다리를 잃은 샬롯 눈 조각상은 균형을 잃고 속수무책으로 벌러덩 뒤로 넘어졌다.

"이제 끝이에요!"

"로라, 자비를 베풀어주세요오!"

로라는 거대 눈사람에게 마력을 집중시키고, 폴짝 뛰게 했다.

단독 주택 두 개를 포갠 것보다 거대한 눈사람이 뛰어오르는 광경은 굉장한 박력이리라.

하물며 그것이 자신을 짓뭉개려 떨어져 내린다고 하면―.

눈사람은 자신의 방어 결계로 샬롯 눈 조각상의 방어 결계를 무로 돌리고, 그 몸통을 거대한 질량으로 짓뭉갰다.

충격으로 튕겨 날아간 샬롯 눈 조각상의 머리가 데굴데굴 굴러갔다.

진짜 샬롯도, 거기에 매달린 채 굴러갔다.

"로라 승."

심판 안나가 의욕 없는 말투로 싸움을 끝을 알렸다.

"야호! 우리가 이겼어요, 하쿠!"

"삐이."

로라와 하쿠는 눈사람 위에서 기쁨의 춤을 췄다.

그러나 진 샬롯은 납득하지 못한 모양이다.

"반칙이에요! 뒤에서 한 기습, 그건 뭐예요?!"

"소형 눈사람의 박치기에요."

"눈사람을 두 개나 쓰다니 반칙이에요!"

"두 개가 아니에요. 소형 눈사람과 대형 눈사람은 원래 하나예요. 전투 중에 분리한 것뿐이에요. 그러니 반칙이 아니에요."

로라는 자신의 말에 설득력을 싣기 위해 소형 눈사람을 유도해 원래 자리로 복귀시켰다.

철컹, 합체다.

"심판!"

샬롯은 안나를 매섭게 노려봤다.

그러자 안나는 「으음」 하고 고민한 뒤,

"분명 싸움이 시작되기 전에는 붙어 있었으니까, 반칙이 아니야. 인정."

오른손으로 OK 표시를 만들어 보였다.

"오오, 역시 안나! 공정한 심판이에요!"

"세상에…… 그 논리가 통한다면, 얼마든지 숫자를 늘릴 수 있잖아요!"

"그렇게 말하지만 샬롯. 눈사람 두 개를 동시에 움직이는 건 어려워요. 샬롯이 할 수 있어요?"

"로라가 할 수 있으면 저도 할 수 있어요! 내일, 분리 기능을 탑재한 신형 눈 조각상을 만들어서 복수할 거예요!"

"흐흠. 바라던 바예요!"

로라는 대결 자체보다, 샬롯이 어떤 눈 조각상을 만들어올지가 더 기대됐다.

분명 굉장한 트릭을 장착해올 게 틀림없다.

"……끝났으면 다른 거 하고 놀자. 이번엔 나도 낄 수 있는 걸로."

안나는 멍한 얼굴로 중얼거렸다.

방금도 심판이라는 형태로 참여했지만…… 아무래도 안나로서는 즐겁지 않았던 모양이다.

"으음, 다 같이 할 수 있는 겨울 놀이…… 아, 그래요! 호수에서 낚시라도 할까요?"

"지금은 뭐가 잡히는데?"

"글쎄요오. 역시 빙어일까요."

호숫가 마을에서 태어나고 자란 만큼, 로라는 몇 번 가족과 함께 낚시를 즐긴 적이 있다.

물고기가 걸리면 즐겁고, 저녁 반찬도 되니 일석이조다.

"빙어 낚시라면 알아요. 꽁꽁 언 호수에 구멍을 내서 낚싯줄을 내리는 거죠? 전부터 한번 해보고 싶었어요!"

샬롯이 달려들었다.

그러나.

"좀 더 한파가 오면 얼음이 얼지만…… 지금 밀레베룬 호수는 전혀 얼지 않았는데요……."

더욱이 만약 언다 해도, 사람이 걸을 수 있을 만큼 두꺼워지지는 않는다.

샬롯이 발을 얹는 순간, 빠직 하고 깨져서 한겨울 호수에 뛰어들게 된다.

"그, 그럼 마법으로 얼려요!"

"마을 사람들에게 폐가 되니 관두세요. 아직 보트가 떠 있어요."

"우우…… 얼음에 구멍을 내보고 싶었어요오."

샬롯이 푹 고개를 숙였다.

그 의기소침한 모습을 보고 있자니, 로라도 얼음에 구멍을 내보고 싶어졌다.

그렇지만 역시 호수를 마법으로 얼리는 것은 안 된다.

그런 짓을 하면 마을 사람들에게 혼날 뿐만 아니라, 어디선가 에밀리아가 나타나서 설교를 할 게 틀림없다.

"조만간 얼음이 언 호수에 가요. 오늘은 평범한 호수로 만족해 주세요. 자, 집에 낚시 도구를 가지러 가요!"

로라 일행은 눈사람과 눈 조각상의 잔해를 남겨두고, 집으로 타박타박 걸어갔다.

그때, 멀리서 울부짖는 소리가 들려온 것 같았다.

대형 몬스터가 내뿜을 것 같은 포효였다.

그러나 주위를 둘러봐도, 몬스터의 모습은 보이지 않았다.

이 설원에서 대형 몬스터가 모습을 숨기는 것은 일단 불가능하니 기분 탓이리라.

아니면, 엄청 멀리서 들려온 걸까?

로라 일행과 한 마리는 서로 얼굴을 마주 본 뒤 「뭐, 그런 거겠지」 하고 중얼거리고는 다시 걸어갔다.

제3장 최강 몬스터 강림

집으로 돌아온 로라는 아빠, 엄마에게 「몬스터가 울부짖는 소리 같은 거 들지지 않았어?」 하고 물었다.

그러나 두 사람 모두 듣지 못했다고 하니, 역시 잘못 들은 모양이다.

로라 일행과 한 마리가 동시에 잘못 듣는 것도 이상한 일이지만, 분명 바람 소리가 그렇게 들린 것이리라.

“있지있지. 다 같이 낚시할 거니까 낚싯대 빌려줘.”

“어머. 그거 좋네. 많이 잡아서 저녁 반찬을 구해줘. 못 잡으면 빵뿐이야.”

“응?!”

“우후후. 농담이야. 그래도, 저녁 메뉴 생각하기 귀찮으니까 열심히 잡아 와.”

어찌 된 일일까.

도라의 머릿속에서 오늘 저녁은 생선구이로 정해져버린 모양이다.

이래서는 빙어를 잡지 못하면, 무척 소박한 저녁 식사가 될 것 같다.

"로라. 배는 어쩔 거냐? 육지에서는 줄을 던져도 못 잡아!"

"괜찮아. 하늘을 날아갈 거니까."

"너희는 편하구나."

질린 투로 말하는 브루노에게서 낚싯대를 건네받은 로라 일행은 일단 낚시 도구점에 가 미끼가 될 벌레를 샀다.

병 안에서 꿈틀거리는 벌레는 기분 나쁘지만, 이게 없으면 잡지 못하니 참는 수밖에 없다.

기합을 넣어 호수로 향했다.

그리고 거침없이 하늘을 날아, 호수 한가운데로 이동했다.

"좋았어. 여기서 잡아요."

"아아~~ 역시 얼음에 구멍을 내고 싶어요오."

"그건 안 된다니까요."

"슬퍼요, 슬퍼요."

"……우리가 딛고 선 곳만 얼리면 마을에는 폐가 안 되는 거 아냐?"

당장이라도 울 것 같은 샬롯이 보기 힘들었는지, 안나가 획기적인 아이디어를 냈다.

그 방법이 있었구나, 하고 로라와 샬롯은 무릎을 탁 쳤다.

"안나는 천재예요. 이 방법을 『천재 안나식 빙어 낚시술』로 후세에 말로 전해갈 거예요!"

"부끄러우니까 관둬."

"겸손해라~~. 그럼 안나의 위업은 우리 가슴에 몰래 간직하는 걸로 하고…… 에잇, 얼어요!"

샬롯은 바로 밑의 물을 향해 마력을 쐈다.

순간, 거미줄처럼 얼음이 퍼져나가, 교실 하나 정도 크기의 면적이 됐다.

"이 정도 크기면 호수 전체에는 영향이 없고, 널찍해서 쾌적해요!"

"훌륭해요, 샬롯. 근데 크기는 그렇다 치고, 두께는 괜찮은 거예요? 올라가는 순간, 빠직 하고 깨지면 감기에 걸릴 거예요."

"걱정 마세요. 제대로 조정했어요."

"정말요? 그렇게 자신만만하면, 샬롯부터 올라가세요."

"로라, 저를 믿지 않는 거예요?!"

샬롯은 비통한 절규를 질렀다.

그러나.

"샬롯이 만든 얼음 배니까 샬롯이 책임감을 갖고 확인해야 해. 자, 어서 타."

안나도 믿지 않는지 진지한 얼굴로 재촉했다.

"우우…… 알았어요! 정 그렇다면, 이 샬롯 가자드의 실력을 증명하겠어요!"

샬롯은 요란하게 말한 뒤 얼음 위로 내려갔다.

그 모습을, 로라와 안나는 마른침을 삼키며 지켜봤다.
이런저런 말을 해봤지만, 아마도 얼음은 깨지지 않을 거다.
그러나 만에 하나라는 것도 있다.
그때는 샬롯이 한겨울 호수에 흠뻑 젖고 마니, 서둘러 끌어 올려 난로가 있는 방으로 옮겨야 한다.
샬롯의 발끝이, 얼음에 닿았다.
"""꿀꺽……."""
그리고, 발뒤꿈치까지 내려서고, 비행 마법이 해제됐다.
이제는 샬롯의 모든 체중이 얼음 배에 실렸지만 깨지지 않았다.
"했어요! 저는 성공했어요! 어때요! 로라, 안나. 저의 승리예요!"
샬롯은 감격한 듯이 폴짝폴짝 뛰었다.
그리고 착지에 실패해 미끄러져 엉덩방아를 찧고 말았다.
쿵 하고 제법 세게 떨어졌다.
샬롯의 얼굴에 공포가 떠올랐다.
로라와 안나도 숨이 멎는 기분이었다. 그러나 얼음은 멀쩡했다.
"깨지지 않아요~."
샬롯은 빙긋 웃었다.
로라와 안나는 안도의 한숨을 내쉬었다.
"휴…… 놀라게 하지 마세요, 샬롯."
"무사해서 정말 다행이야. 이만큼 해도 깨지지 않으면, 다 같이 타도 문제없어."

"삐—."

로라 일행은 안심하고 얼음 위에 내려섰다.

안나가 검으로 얼음을 원기둥 모양으로 도려냈다.

그리고 낚싯바늘에 미끼를 끼우고, 셋이서 낚싯줄을 늘어뜨렸다.

"삐—삐—."

하쿠는 흥미진진한 듯이 얼음에 뚫린 구멍을 쳐다봤다.

"하쿠. 떨어지면 위험하니, 구멍에는 너무 가까이 가지 마세요."

"삐이."

"심심한 건 알지만…… 하쿠용 낚싯대가 없으니…… 잠시 참아 주세요."

로라는 하쿠의 머리를 쓰다듬었다. 그러자 하쿠는 기분 좋은 듯이 눈을 감았다.

"크오오오오오오오옹!"

"으악! 낚싯대가 없다고 그렇게 몬스터처럼 울 건 없잖아요! 그보다, 어디서 그런 목소리를 낸 거예요……?"

"삐이?"

그러나 하쿠는 언제나처럼 귀여운 목소리로 울며 고개를 갸웃할 뿐이다.

그렇다면 지금 그 울음소리는 무엇이었을까.

"아니에요, 로라! 하쿠의 울음소리가 아니라—."

"진짜 드래곤!"

샬롯과 안나가 눈을 동그랗게 뜨고, 먼 하늘을 바라보고 있었다.

로라도 그쪽으로 시선을 옮기자, 정말로 드래곤이 있었다.

새빨간 피 같은 색을 한 드래곤.

그것도 세 마리나.

하늘 저편에서 이쪽을 향해 날아오는 게 아닌가.

"와아아! 진짜예요! 드래곤은 희귀한 몬스터인 거죠?! 그게 어째서 세 마리나 같이? 굉장해요!"

"드, 드디어 직접 눈으로 봤어요…… 저걸 혼자서 쓰러뜨리면 A 랭크 모험가…… 불타오르기 시작했어요!"

"엑, 잠깐…… 왜 둘 다 좋아하는 거야……? 저런 녀석들이 덮치면, 이긴다 해도 마을이 쑥대밭이 될 것 같은데……."

흥분하면서 드래곤을 올려다보고 있던 로라와 샬롯은 안나의 말에 정신을 차렸다.

"으아아아, 큰일이에요! 이 마을에 오기 전에 쓰러뜨려야 해요!"

드래곤과 싸우면 교칙 위반이 되고 만다.

그러나 그런 말을 하고 있을 때가 아니다.

"이미 늦었을지도 몰라……."

드래곤은 고도를 낮추기 시작했다.

표적은 밀레베룬 마을인가 했더니…… 조금 달랐다.

분명 밀레베룬 호수의 호숫가에 내렸지만, 마을이 아니라, 조금 전 로라와 샬롯이 싸웠던 곳으로 내려갔다.

"아앗, 저랑 하쿠가 만든 눈사람이 망가질 거예요!"

"왜 드래곤은 저런 곳에 갔을까……."

"저랑 로라가 아까 싸워서, 그 마력의 낌새에 이끌려 온 걸지도 몰라요!"

"아, 아무튼, 드래곤이 마을에 직접 오지 않은 건 불행 중 다행이에요. 더 늦기 전에 지금 해치워버려요!"

로라 일행은 낚싯대를 그 자리에 두고, 드래곤을 향해 날아갔다.

불과 몇 초 만에 도착했지만, 이미 눈사람은 걷어차여 무참한 몰골로 변해 있었다.

"아아, 이럴 수가……."

가까이에서 본 드래곤은 분명 하쿠와 닮아 있었다.

그러나 생김새가 전혀 다르다. 하쿠와 같은 사랑스러움은 없고, 오직 상대를 위압하는 것만 생각하는 듯한 흉포한 눈을 하고 있다.

그리고 거대하다.

머리의 위치는 확실히 로라의 집 지붕보다 높다. 꼬리까지 합친 전체 길이와 날개를 펼쳤을 때의 면적은 얼마나 될까.

"눈사람의 복수예요. 하쿠, 해치워버려요!"

“삐이이이!”

로라의 머리 위에 있던 하쿠가 입에서 오렌지색 광선을 뿜었다.

하쿠의 광선은 바위나 쇠조차 끊어버리는 위력을 갖고 있었다.

“크오오오오옹!”

그러나 드래곤 한 마리가 땅을 뒤흔들 듯이 울부짖었다.

그와 동시에 드래곤의 전방에 마력 장벽— 방어 결계가 생겼다.

하쿠의 광선은 그것에 가로막히고 말았다.

“삐이?!”

“맙소사. 그러고 보니 리바이어던도 얼음 마법을 썼었어요……. 드래곤 계통은 거대할 뿐만 아니라 마법도 쓸 수 있다니, 과연 최강 몬스터로 불릴 만해요.”

“그럼, 고대 문명의 마법검이라면 어때?”

“안나, 저, 동시 공격 할게요!”

안나는 두 자루의 마법검을 손에 쥐고, 그곳에서 마력을 빨아 올렸다.

검사인 그녀 자신이 보유한 마력은 솔직히 대단한 양이 아니다.

그러나 벼락의 마법검과 바람의 마법검의 안에는 바닥을 알 수 없는 마력이 잠들어 있고, 안나는 그것을 완전히 자신의 것처럼 다룰 수 있다.

특히 벼락과 바람 마법은 마법검들의 보조 덕에 일류 마법사 못

지않은 위력으로 쏠 수 있다.

먼저 오른손에 쥔 바람의 마법검의 칼날에서 회오리바람이 뿜어져 나와, 드래곤 한 마리를 향해 뻗어갔다.

그것과 거의 동시에, 왼손의 벼락의 마법검에서 눈부신 섬광이 뿜어져 나왔다. 그것은 높은 에너지를 품은 번개였다. 번개는 회오리바람을 따라 나아가, 드래곤을 덮쳤다.

"빛이여. 나의 마력을 바친다. 따라서 계약이다. 적을 쳐부숴라—."

안나가 마법검으로 공격에 한창일 때, 그 옆에서 샬롯은 주문을 외고 있었다.

그녀의 손바닥에서 날아간 빛의 창이 안나에게 질세라 드래곤을 맹렬히 덮쳤다.

두 사람의 동시 공격에 드래곤의 방어 결계는 뚫렸다.

굉장한 위력이다.

샬롯과 안나가 힘을 합치면, A랭크 모험가와 맞먹는 실력이 있다— 라고 로라는 감탄했는데.

공격이 직격하고, 폭발이 일어나고, 연기가 걷힌 후…… 드래곤은 건재했다.

물론 다치지 않은 것은 아니다.

공격을 당한 목 부분은 비늘이 벗겨지고 살이 드러나 피가 흐르고 있다.

그러나 반대로 말하면 그것뿐이다.

길드레아 모험가 학교에서 굴지의 실력을 가진 두 사람의 동시 공격을 받고도, 드래곤은 외상을 입는 데 그쳤다.

"마, 맙소사…… 우리의 공격이 통하지 않는 거예요……?"

"꽤 강해졌다고 생각했는데……."

두 사람은 충격을 감추지 못했다.

로라 역시 자신의 일이 아닌데도 경악하고 있었다.

실제로, 아무리 드래곤이 강하다고 해도, 샬롯과 안나라면 혼자서도 쓰러뜨릴 수 있지 않을까라고 생각했었다.

너무 낙관적이었다.

최강 몬스터라는 칭호는 괜한 것이 아니다.

"""크오오오오오오오옹!"""

이번에는 드래곤 세 마리가 동시에 울부짖었다.

그 입 안에 방대한 마력이 모였다.

온다, 지금의 샬롯과 안나조차 이길 수 없는 최강 몬스터의 공격이, 한꺼번에 세 방.

"제가 물리칠게요!"

로라는 흰색에 가까운 물색의 세 개의 빛의 구를 만들어냈다.

크기는 멜론 정도에 불과하지만, 그 하나하나에 학교를 얼음으로 뒤덮을 수 있을 만큼의 마력이 들어차 있었다.

드래곤의 입에서 진홍의 광선이 뻗어 나왔다.

완전히 동시에 로라는 빛의 구를 발사했다.

공중에서 충돌해, 모든 것이 완전히 소멸했다.

"사라졌어요!"

"역시 로라는 굉장해……."

에헴 하고 으스대고 싶지만, 그러고 있을 수도 없다.

학교를 얼음으로 뒤덮을 만한 빛의 구와 충돌해 상쇄됐다는 것은, 다시 말해 드래곤의 광선은 학교를 모조리 불태울 만한 화력을 갖고 있다는 거다.

그런 녀석이 세 마리나 마을 근처에 있어서는 곤란하다. 빨리 쓰러뜨리지 않으면, 빗나간 탄알 하나에 대참사가 난다.

"하쿠를 부탁해요!"

로라는 머리 위의 신수를 샬롯에게 맡기고, 드래곤을 향해 달렸다.

그리고 점프해, 날라차기를 날렸다.

목표는 조금 전 샬롯과 안나가 상처를 입힌 드래곤이다.

비늘이 벗겨진 부위에, 양발을 모아 힘껏 부딪쳤다.

단순한 날라차기가 아니다. 비행 마법에 의한 가속으로 음속을 뛰어넘었다. 더욱이 발바닥에 방어 결계를 쳐서, 단단함도 뛰어났다.

"이야압!"

기합을 넣은 목소리로 더욱 속도를 높였다.

로라의 발차기는 멋지게 드래곤의 목에 명중했다.

그 충격으로 날아간 드래곤은 거꾸로 지면에 떨어졌다.

거대한 만큼 엄청난 굉음이 울려 퍼지고, 지면도 희미하게 진동했다.

그만큼 드래곤이 입은 대미지도 클 터다.

그 증거로 움찔움찔 경련하고 있었다.

“어때요?!”

로라는 주먹을 불끈 쥐며 승리의 포즈를 취했다.

물론, 아직 두 마리가 남아 있기 때문에 방심은 금물이다.

“어설프구나, 로라!”

“그 정도로 드래곤은 죽지 않아!”

그때 부모님의 목소리가 들려왔다.

그리고 로라가 발차기로 날린 드래곤이 세찬 피를 뿜어냈다.

브루노의 대검이 목을 가르고, 도라의 창이 심장을 꿰뚫은 것이다.

“아빠, 엄마! 왔구나!”

“당연하지. 자기 동네 근처에 드래곤이 나타났는데 손가락만 물고 보고 있으면, A랭크 모험가로서 실격이다."

"오히려 너희야말로 왔구나 했어. C랭크 이상 몬스터랑 싸우는 건 교칙 위반 아니었니?"

"그, 그건…… 정당방위야!"

로라는 당황한 나머지 변명해봤다.

그러자 뜻밖에도 부모님은 납득해주었다.

"하긴. 이렇게 가까이에 드래곤이 나타나면, 싸우는 수밖에 없지."

"넋 놓고 있으면 죽으니까. 음, 정당방위다."

"그렇구나…… 정말 정당방위구나."

로라는 깊이 끄덕였다.

3학기부터는 몬스터와 마주치면 전부 「정당방위」라고 하고 쓰러뜨리기로 했다.

이거라면 에밀리아도 화를 내지 않을 거다.

"로라. 속으면 안 돼. 보통은 드래곤이 나타나면 도망치니까. 자기가 접근해놓고 정당방위라고 하는 건 이상해."

"안나…… 그런 부정적인 말은 하지 마세요……."

"정당방위를 꿈꾸면 에밀리아 선생님한테 혼나는 횟수가 배가 돼. 사실은 높은 랭킹의 몬스터가 있는 장소에 접근하는 게 잘못된 거야……."

안나의 말은 백번 옳았다. 그러나 오늘은 드래곤이 먼저 찾아온 것이지, 로라 일행이 서식지에 접근한 게 아니다.

정당방위는 아슬아슬하게 성립할 터다.

"그럼. 여보, 얼른 정리할까."

"그래요. 드래곤 세 마리면, 온 마을이 실컷 먹겠어. 우후후……."

"나도 한 마리 쓰러뜨릴래—."

브루노, 도라, 그리고 로라 세 가족은 사이좋게 서서 드래곤들을 올려다봤다.

그러자 드래곤 두 마리는 날개를 퍼덕여 하늘로 달아났다.

승산이 없다고 깨달은 모양이다.

"어머, 놓치지 않아!"

도라의 몸에서 마력이 흘러넘쳤다.

『기합의 진지 모드』다.

그녀도 남편과 마찬가지로 기합을 넣으면 강해진다고 오랫동안 믿어왔다. 그러나 물론 실상은 강화 마법이다.

그 기합의 진지 모드로 강화된 도라의 다릿심은 도망치는 드래곤이 있는 곳까지 그녀의 몸을 옮겨놨다.

그뿐만 아니라, 뻗어나간 창이 날개를 꿰뚫고 커다란 구멍을 냈다.

"잘했어, 여보!"

이어서, 마찬가지로 진지 모드로 점프한 부르노가 반대쪽 날개를 베어냈다.

"크오오옹!"

드래곤은 비통하게 울부짖으면서 추락해갔다.

그것을 추격하기 위해 브루노와 도라는 **허공을 차고**, 지면을 향해 속도를 붙여 뒤쫓았다.

부부의 무기가 동시에 드래곤의 몸통에 박히고, 순식간에 꿰뚫었다.

내장을 갈기갈기 찢긴 드래곤은 단말마의 울음조차 울지 못한 채, 땅으로 추락하기 전 허공에서 숨이 끊긴 모양이었다.

그리고 브루노와 도라는 드래곤의 사체보다 먼저 땅에 착지해, 다시 점프해 남은 한 마리를 죽이려 했다.

그러나, 그때 이미 로라는 드래곤의 머리 위를 점령하고 있었다.

"빛이여. 나의 마력을 삼켜라. 모여라, 따라라, 복종해라. 적을 모조리 불태워라. 남김없이 홍련의 불꽃으로 유린해라—."

로라는 무의식중에 주문을 읊었다. 그것에 의해 집중력이 더해지고, 마법의 위력이 올랐다.

드래곤이 불꽃을 내뿜었다.

그것은 드래곤의 뜻에 의한 것이 아니다. 로라의 마법으로 체내부터 불타고 있는 거다.

이윽고 비늘이 벗겨져 떨어지고, 그곳에서도 불꽃이 나타났다.

전신이 탄화해 부슬부슬 무너져 내리고, 자잘한 파편이 되어 불타면서 떨어져갔다.

그것이 드래곤의 사체라고는 누구도 인식하지 못하리라.

그냥 검은 파편일 뿐이다.

"해냈다! 드디어 드래곤을 무찔렀어요. 이제 저는 A랭크 모험가예요!"

로라는 기쁜 나머지 팔을 휙휙 휘두르면서 모두의 곁으로 내려갔다.

"분해요. 저랑 안나는 둘이서도 비늘을 벗기는 게 고작이었는데, 로라는 말 그대로 한 방에 뜬숯으로 만들어버렸어요."

샬롯은 진심으로 분한 듯이 이를 갈면서, 품에 안고 있던 하쿠를 로라의 머리 위에 얹어주었다. 친절한 사람이다.

"알고 있던 사실이지만, 로라와의 격차는 커. 따라잡기 위해서 더 노력해야겠어."

안나도 살짝 부루퉁한 얼굴로 분해했다.

보통 사람의 눈에는 평소와 다름없는 무표정으로 보이겠지만, 이래 봬도 언짢은 표정이다.

"이거 참, 한 발 먼저 A랭크가 돼버려서 미안해요~."

로라는 우쭐해보기로 했다.

어쨌든 초일류 모험가의 증거인 A랭크가 되는 조건을 만족한 것이다.

이때 우쭐하지 않으면 언제 우쭐하겠는가.

"잠깐만, 로라. 네가 쓰러뜨린 드래곤은 흔적도 없어. 길드에 어떻게 증명할 거니?"

로라가 그렇게 지적했다.

"……앗. 증명해야 하는 거야?"

"그거야 그렇지. 자기가 쓰러뜨린 드래곤의 사체를 길드 직원한테 보여줘야 해."

"아아…… 그런 줄 알았으면 다른 마법으로 쓰러뜨렸을 텐데…… 저기, 거기 두 마리를 내가 잡은 걸로 하면 안 돼?"

"안 돼. 이건 나하고 아빠 실적이야. 게다가 로라. A랭크가 되면 에밀리아 선생님한테 혼나는 거 아니니?"

"윽…… 그건……."

A랭크 모험가는 되고 싶다. 그러나 그것은 곧 교칙을 어기고 드래곤과 싸운 증거가 된다.

정당방위를 외치려 해도, 상황이 상황이다.

브루노와 도라에게 맡겨두면 로라가 싸울 필요는 없었을 거다, 라고 추궁당하면, 「네, 그렇습니다」라고 대답할 수밖에 없다. 그리고 대답하는 순간, 지독히 긴 설교가 시작될 것은 뻔하다.

"……그럼 A랭크가 되는 건 참을래."

"그러렴. 졸업한 다음에 되면 되잖아? 로라라면 마음만 먹으면 언제라도 A랭크가 될 수 있으니까."

도라는 로라의 머리를 쓰다듬으며 위로해주었다.

"저도 졸업하기 전까지는 드래곤을 혼자서 쓰러뜨릴 수 있게 될 거예요! 아니, 2학년이 되기 전에 그렇게 되겠어요!"

"나도. 내 공격력이 아직 멀었다는 걸 오늘 깨달았어. 열심히 할 거야."

샬롯과 안나는 주먹을 불끈 쥐고 결의를 다졌다.

도라는 그 둘의 머리도 쓰다듬어주었다.

"삐—."

"그래. 하쿠도 쓰다듬어줄게."

"삐이."

하쿠는 기뻐 보인다.

"여보. 나도, 나도."

"네네…… 앗, 애들 앞에서 무슨 어리광이야. 당신은 드래곤을 마을까지 옮겨줘."

"차가운 사람…… 쓰다듬어줘도 되잖아…… 부끄러워할 거 없잖아……."

브루노는 투덜거리면서 두 마리 중 한 마리의 꼬리를 잡고, 질질 끌고 마을로 옮기기 시작했다.

굉장한 괴력이다.

분명 이 정도가 아니면 드래곤의 비늘을 검으로 벨 수 없는 거다.

아빠에게만 맡기는 것은 가여우니, 로라도 남은 한 마리의 꼬리를 잡고 질질 끌고 가기로 했다.

"오오, 로라. 도와주는 거냐. 고맙다!"

"그야 둘이서 하는 게 더 빨리 끝나잖아?"

"어머, 로라. 그럼 마치 엄마가 나쁜 사람 같잖니. 할 수 없지. 나도 같이 끌어줄게."

그렇게 말한 도라는 브루노를 거들기 시작했다.

"그럼, 저는 로라를 도울게요오."

"나도, 나도."

샬롯과 안나가 로라의 뒤에 늘어서서 드래곤의 꼬리를 잡아당겨주었다.

"삐—."

하쿠도 파닥파닥 날면서 잡아당겼다.

별로 힘은 느껴지지 않지만, 너무 귀여워서 OK다.

그렇게 다 같이 힘을 모아 드래곤의 사체를 마을로 옮겨갔더니, 이미 주민들이 잔뜩 모여 시끌시끌했다.

"아아, 부르노에 도라. 이미 드래곤을 잡아줬군그래! 다행이야…… 세 마리나 날아오는 게 보였을 때는 이제 끝이구나 했어.

사체는 두 마리뿐인 것 같은데, 나머지 한 마리는?"

잘 차려입은 백발의 노인이 물어왔다.

이 사람은 밀레베룬 마을의 영주다.

마을의 한복판에 저택을 갖고 있다.

로라는 옛날에 영주의 저택을 보고 「이렇게 큰 집은 분명 또 없을 거야」라고 생각했지만, 왕도에 갔더니 더 큰 저택이 많이 있었다. 역시 세상은 참 넓다.

그 저택을 로라가 부러운 듯이 바라보고 있었더니, 영주는 화를 내기는커녕 호주머니에서 알사탕을 꺼내주었다. 무척 좋은 사람이다.

알사탕이 아니라 오믈렛이었다면 더 좋았겠지만, 호주머니에서 오믈렛을 꺼내면 좋은 사람이라기보다 이상한 사람이 되어버리므로 역시 알사탕이 최고다.

"나머지 한 마리는 완전히 태워버려서 사체는 남아 있지 않습니다. 뭐, 이 마을이면 두 마리면 충분하지 않습니까?"

브루노는 영주에게 대답했다.

"당연히 충분하지. 오히려 많을 정도야. 해체하는 게 고생이겠어."

"목을 베거나 배에 구멍을 내서 피는 다 뽑았습니다. 나머지는 천천히 하면 되겠죠. 한겨울이니 썩지 않으니까요."

"음. 이거, 죽기 전에 드래곤을 다시 한 번 먹고 싶었는데, 설마 두 마리가 통째로 들어오다니 말이야. 드래곤 곱창구이 맛을 떠올리기만 해도…… 츄릅.”

영주는 흘러나온 침을 닦았다.

그 모습을 보고 있던 로라도 식욕이 자극돼 츄릅 군침을 닦았다.

“저, 소나 돼지 곱창은 먹어본 적 있지만, 드래곤 곱창은 들어본 적도 없어요! 츄릅!”

“맛있을 것 같아……. 호기심이 자극돼. 그래, 이건 모험가로서의 미지에 대한 호기심이야. 결코 간사한 식욕이 아니야. 츄릅.”

“삐—.”

군침을 질질 흘리는 로라 일행을, 도라가 「어머나」 하고 흐뭇하게 바라봤다.

그런 평화로운 시간을 깨부수듯이, 하늘에서 『압력』이 쇄도해왔다.

그것은 귀나 피부로 느낀 것이 아니다. 가슴에 직접 울려 퍼지는 듯한, 불길한 낌새다.

모두가 일제히 하늘을 올려다봤다.

흰 구름을 뚫고, 새빨간 불덩이가 나타났다.

불덩이는 순식간에 시야에서 사라져, 산 저편으로 떨어졌다.

“아…… 뭐야, 방금 그거…… 운석인가?”

누군가가 불쑥 중얼거렸다.

운석. 흠. 하늘에서 떨어졌으니 그렇게 생각하는 것이 자연스럽다.

그러나 그 꺼림칙할 정도의 『압력』은 뭐였을까.

과거 소풍에서 대현자와 싸웠을 때나 왕도에서 흡혈귀와 마주했을 때조차 이 정도까지의 위압감은 없었다.

"……떨어진 곳에 가봐요!"

"그래요! 확인하러 가는 수밖에 없어요!"

"궁금해서 드래곤 고기도 안 넘어가겠어."

"삐!"

로라 일행은 산 저편으로 날아가려 했다.

"잠깐! 방금 그 낌새, 예사롭지가 않아. 가면 안 돼!"

하지만 도라는 드물게 강경한 어조로 말했다.

이어서 브루노도 진지하게 말했다.

"그래. 너희가 강한 건 알아. 하지만 그런 문제가 아니야. 일단 아빠하고 엄마가 상황을 보러 가마. 알겠지?"

로라는 부모님의 얼굴이 이렇게까지 진지해진 것을 오랜만에 봤다.

그렇게까지 말한다면, 따르는 수밖에 없었다.

그렇게 부모님의 말을 얌전히 따르려 했지만.

산 저편에서, 셀 수 없이 많은 붉은 그림자가 하늘로 튀어나왔다.

숫자는 몇 백…… 아니, 천이 넘으리라.

저 산은 걸어서 가면 며칠씩 걸릴 만큼 멀지만, 그럼에도 무엇이 날고 있는지 밀레베룬 마을에서도 알 수 있었다. 알아버릴 만큼 거대했다.

드래곤이다.

천 마리가 넘는 드래곤이 날고 있었다.

"미안해, 아빠, 엄마. 역시 갈래! 내가 당장 가지 않으면, 돌이킬 수 없게 될지도 몰라!"

저 산 너머에서 어떤 일이 일어나고 있는지, 그것은 알 수 없다.

그러나 무수히 많은 드래곤이 나타난 것만은 사실이다.

만약 드래곤들이 주변의 도시나 마을을 덮친다면…… 얼마나 많은 피해가 날지 상상조차 하기 싫다.

브루노와 도라는 하늘을 날 수 없다.

평범한 모험가보다는 훨씬 빨리 달릴 수 있지만, 역시 하늘을 나는 로라가 더 빠르다.

무엇보다, 로라의 힘은 부모님 둘을 합친 것보다 위다.

저런 숫자의 드래곤에 맞설 수 있는 것은 온 세상을 뒤져도 자신과 대현자뿐일 거다.

분명 대현자도 이변을 눈치챘으리라. 왕도에서 날아올 것이 틀림없다.

자신과 대현자 둘이서 산 너머에서 일어난 『무언가』를 해결하는 거다.

그렇게 결심한 로라는 부모님의 제지를 뿌리치고 빠른 속도로 이륙했다.

"삐―."

"아, 하쿠를 머리에 얹은 채였어요! 어쩌죠!"

"삐이."

"뭐…… 제 머리 위에 계속 있으면 괜찮을 거예요. 게다가 하쿠는 요즘 입에서 내뿜는 광선이 강해지고 있잖아요. 함께 싸워요!"

"삐!"

불안하지 않은 건 아니지만, 떨어지지 말라고 하면 하쿠는 절대로 로라의 머리에서 떨어지지 않는다.

다시 말해 로라가 자신에게 날아오는 공격을 모두 피하면, 자동적으로 하쿠를 지키는 것으로 이어진다.

오히려 문제는―.

"로라, 기다리세요오!"

"우리도 싸울래."

샬롯과 안나가 쫓아왔다는 사실이다.

"두 사람은 오면 안 돼요!"

"어째서요?! 아까는 같이 하자고 했잖아요!"

샬롯은 눈썹을 치켜들고 큰 소리로 말했다.

"그때는 드래곤이 많지 않았으니까요! 저런 드래곤 떼에 돌진하면 죽어요!"

"그렇다고 로라를 혼자 가게 할 수는 없어."

안나도 화가 난 모습이다.

"저한테는 하쿠가 있으니까 괜찮아요!"

"삐!"

"그런 주장은 통하지 않아요. 지금 일어나고 있는 현상은 과거에 유례없는 일이에요. 적어도 역사 교과서에는 실려 있지 않아요. 로라가 아무리 강하다고 해도, 반드시 괜찮으리란 보장은 없어요!"

"맞아. 위험한 건 우리뿐만 아니라 로라도 마찬가지야. 우리가 안 되고 로라가 괜찮다는 건 없어."

두 사람 모두 끈질기게 물고 늘어졌다.

"아니아니…… 실례지만, 저는 샬롯과 안나보다 훨씬 강해요! 그건 부정할 수 없는 사실이에요!"

"우리보다 강하니까라는 건 아무런 보장도 못 돼. 우리한테 돌아가라고 한다면, 로라도 돌아가야 해."

"맞아요! 맞아요! 이대로 다 같이 가든, 다 같이 돌아가든, 둘 중 하나예요!"

"끙…… 설득이 어려워요……."

로라는 하늘을 날면서 머리를 감싸 쥐었다.

아무래도 말로는 두 사람 모두 받아들이지 않을 것 같다.
이렇게 된 이상, 현장에 간 다음 생각하기로 하자.
여차하면 두 사람을 차원 창고로 보내면 된다.

※

회중시계에서 나타난 소녀, 아르피나 아사일.
그녀는 하늘에서 재액이 떨어진다고 말했다.
장소까지도 상세히.
"그것은 우리의 문명이 낳고 만 최강이자 최악의 몬스터. 드래곤을 뛰어넘는 드래곤. 그 이름은 퍼니셔야."
지금 이 시대의 사람들이 고대 문명이라고 부르는 문명.
1만 년도 더 된 옛날.
세계는 두 개의 대국으로 갈라져 싸웠었다고 한다.
하나는 아르피나를 낳은 아르셰 공화국.
또 하나는 바르테르도 제국.
양국 모두 수많은 마법사를 길러내고, 강력한 몬스터를 만들어내며, 오로지 서로를 깎아먹는 퇴폐적인 싸움을 몇 십 년씩 이어갔다.
함께 망하게 될 미래가 눈앞에 닥쳐왔는데도 그만둘 때를 놓치고 있었다.

결국 바르테르도 제국이 마지막 선을 넘고 말았다.

드래곤보다 강한 몬스터. 드래곤을 뛰어넘는 드래곤.

쌍두룡. 퍼니셔.

보통의 드래곤과는 비교도 되지 않을 만큼 거대하며, 비늘은 두껍고 단단하다. 설령 그 비늘을 베거나 혹은 불태운다 해도, 눈 깜짝할 사이에 재생하는 능력을 갖고 있다. 차원 창고에 가두려 해도, 그 발동을 막는 결계를 항상 몸에 두르고 있다.

퍼니셔가 돌아다니는 것만으로도 마을은 망한다.

입에서 광선을 뿜으면 산의 형태가 변했다.

그리고 무엇보다 무서운 점은 퍼니셔는 드래곤을 낳을 수 있다는 것이다.

퍼니셔 단독으로도 두려운 존재인데, 거기에 천이 넘는 드래곤이 더해지는 거다.

더구나 단지 숫자가 많은 것에 그치지 않고, 퍼니셔에 의해 통치되어, 질서를 갖춘 전열로서 행동한다.

이미 큰 무리라기보다 대군이다.

정말로 세계를 몽땅 불태울 만한 힘을 갖고 있었다.

"퍼니셔는 너무 강해. 너무너무 강해서, 만든 바르테르도 제국조차 제어하지 못할 정도였지. 제국은 자기들이 만든 몬스터에게 유린당해 멸망할 뻔했어. 웃기지? 뭐, 그 후 우리 아르셰 공화국도 멸망할 뻔했으니 전혀 웃을 수 없는 이야기지만 말이야."

그러나 아르셰 공화국도 퍼니셔에 맞먹는 전력을 보유하고 있었다.

그것이 아르피나 아사일 무리. 유전자 조작에 의해 인공적으로 만들어진 10인의 전투용 마법사들이다.

그녀들 10인은 퍼니셔에게 싸움을 걸어, 상대의 재생 속도를 웃도는 화력을 때려 부었다.

퍼니셔 두 마리의 목을 베고, 재생하기 전에 화염을 퍼부었다. 살을 도려내고, 재생하기 전에 번개를 쐈다.

불꽃. 바람. 땅. 물. 천둥. 빛. 어둠. 중력— 온갖 공격 마법으로 퍼니셔의 심장을 파괴하는 데 성공했다.

그때, 10인이던 전투용 마법사는 아르피나 한 명밖에 남아 있지 않았다.

심장을 잃은 퍼니셔는 일시적으로 재생 속도가 급격히 떨어졌다.

그 틈을 타, 아르피나는 퍼니셔의 육체와 영혼을 분리했다.

영혼을 봉인 술식에 가둬, 하늘 저편으로 쏘아 올렸다.

구름 위보다 더 높이. 우주라고 불리는 장소. 달보다 더 먼 곳까지 쐈다.

그 길로 퍼니셔의 영혼은 우주를 한없이 날아가, 다시는 돌아오지 않는다…… 아르피나는 그렇게 믿었다.

그러나 영혼을 잃고 죽었을 터인 퍼니셔의 육체는 천천히, 그러나 재생하기 시작했다.

물론, 영혼이 없으면 완전히 재생한다 해도 그것은 고깃덩어리다.

움직일 거라고는 생각할 수 없다.

그렇지만 죽은 육체가 재생하는, 상식을 벗어난 현상을 일으킨 것이다.

그렇다면, 우주를 떠도는 영혼이 혼자 힘으로 돌아올 가능성도 있지 않을까?

상식적으로는 상상할 수 없다. 그렇기에 더더욱 퍼니셔라면 할지도 모른다.

거기서 아르피나는 자신의 의식과 마력 일부를 미래를 위해 남겨두기로 했다.

영혼을 두 개로 나눠, 한쪽을 회중시계에 넣었다.

회중시계에는 그때그때마다 가장 강한 마법사의 것이 되게끔 운명 조작 술식이 새겨져 있다.

그리고 마법사가 자연히 내뿜는 마력을 조금씩 빨아들여, 회중시계 안에 마력을 비축해갔다.

언젠가 퍼니셔가 부활할 때에 대비해서.

"내가 설명할 수 있는 건 여기까지야. 그 이후 진짜 내가 어떤 인생을 살았는지, 만신창이가 된 아르셰 공화국과 바르테르도 제국이 어떤 싸움의 결말을 맞이했는지까지는 몰라. 하지만 내가 이렇게 복제된 다음 얼마나 시간이 흘렀는지는 알아. 어쨌든 회중시계 안에 있었으니까. 11,425년 하고 63일…… 이거 참, 나는 낮잠이 취미지만, 너무 잤어. 뭐, 깬 기분은 나쁘지 않지만."

낮잠이 취미라는 부분에서 대현자는 깊은 공감을 느꼈다.

"낮잠이 취미에 생김새가 닮았다라. 이 녀석, 대현자의 조상일지도 몰라."

옆에서 이야기를 듣고 있던 여왕이 진지한 얼굴로 지적했다.

"그러게…… 어쩐지 남 같지가 않아. 그래도, 1만 년도 더 된 사람의 유전자가 그렇게 강하게 남을까? 내 부모님은 평범한 사람이었는데……."

"글쎄 나는 아이를 낳은 기억은 없어. 내 원형이 아이를 낳았다면, 1만 년에 걸쳐 곳곳에 퍼졌겠지. 너는 그중 한 명일지도 몰라. 격세 유전이라는 거지."

아르피나는 젠체하는 얼굴로 가설을 펼쳤다.

그렇다, 어디까지나 가설이다. 그것이 맞는지 확인할 길은 현재로서는 없다.

그러나 그렇게 생각하면 납득이 간다.

대현자의 부모는 마법사도 모험가도 아닌 지극히 평범한 농민이었다.

은발도 아니었다.

그런데도 대현자가 은발인 것은 먼 옛날의 조상의 피가 격세 유전으로 되살아났기 때문인지도 모른다.

더욱이 대현자 이전에도, 돌연변이적인 힘을 가진 마법사가 있었다는 기록이 있다.

그들과 그녀들은 모두 은발이었던 것으로 알려진다.

"자자, 슬슬 퍼니셔의 육체가 잠든 곳으로 갈까. 영혼은 거기로 떨어질 거야. 지금 막 떨어지고 있는 걸 나는 느끼고 있어."

"지금? 나는 아무것도 느껴지지 않는데……?"

"그럴 만도 해. 아직 꽤 머니까. 나는 그걸 아니까 탐지할 수 있어. 조금 더 다가가면, 너도 느낄 수 있을 거야."

대현자는 아르피나가 권하는 대로 하늘을 날아 퍼니셔의 육체인가가 있는 곳으로 향했다.

찬 겨울 하늘을 나아가면서 대현자는 생각했다.

사실, 아직 반신반의다.

아르피나가 고대 문명인이라는 것은 믿을 수 있다.

과거 퍼니셔라는 몬스터와 싸웠다는 것도 이해할 수 있다.

그러나 그것이 1만 년 이상의 세월을 넘어 현대에 부활한다고 해도 언뜻 와닿지 않는다.

지금 현재 세상은 이렇게나 평온하므로.

그녀의 불안은 기우가 아닐까, 그렇게 대현자는 의심했지만—.

“어이어이. 드래곤이 이쪽을 향해 오고 있어.”

아르피나가 중얼거린 대로, 전방에서 붉은 드래곤이 날아왔다.

별일이다.

왕도 부근에 드래곤이 나타난 것은 몇 년 만일까. 그것을 쓰러뜨리고 에밀리아는 A랭크로 승격했다.

드래곤은 입에서 붉은 광선을 뿜으며 이쪽을 공격해왔다.

대현자는 방어 결계로 그것을 막으려 했지만, 그것보다 살짝 빨리 아르피나가 움직였다.

리플렉트
“반사”

그 순간, 광선이 맥없이 일그러져 드래곤을 향해 되돌아갔다.

드래곤은 자기 자신이 내뿜은 광선에 목구멍을 꿰뚫려, 목숨을 잃고 추락해갔다.

“이크. 네가 막으려 했는데, 방해해버린 모양이네.”

아르피나는 씨익 하고 송곳니를 보이며 웃었다.

“……아니. 이런 건 빠른 사람이 승자야.”

대현자는 평정을 가장하며 대답했다.

그러나 마음속은 경악에 차 있었다.

단순히 마법의 발동 속도로 진 것만이 아니다.

대현자가 시도한 것은 단순한 방어 결계. 아르피나는 그보다 고도인 반사다.

자신보다 어려운 마법을 먼저 발동시키는 사람.

그런 상대를, 대현자는 난생처음 만났다.

물론, 그것만으로 마법사로서의 실력 전체를 가늠할 수 있는 것은 아니다. 대현자보다 아르피나가 더 강하다는 뜻은 되지 않는다.

그렇지만— 분했다.

아아, 이게 분한 거구나라는 것을 3백 년 가까이 살아오면서 처음으로 느꼈다.

"왜 그래, 칼로테? 언짢아진 줄 알았더니, 갑자기 자조적으로 웃고. 혹시, 마법으로 앞질린 건 처음이냐?"

"……응, 맞아. 네가 내 조상님이라는 걸 실감해버렸어."

"하하하. 그렇다고 노인 취급은 하지 말아줘. 회중시계에 인격을 복제했을 때는 열일곱 살이었느니까, 나는 주관적으로는 영원한 열일곱이야. 그런데 칼로테. 이 시대는 드래곤이 많아?"

"아니. 드래곤의 개체 수는 적어. 마을 근처에 오는 건 드물어."

"그렇지. 드래곤은 강하고 큰 대신 번식력이 약하니까. 그런데 만나버렸어. 퍼니셔가 돌아오는 타이밍에. 그것도 퍼니셔의 육체가 잠든 방향에서 날아왔어…… 어쩌면, 퍼니셔는 이미 활동을 시작한 걸지도 몰라."

아르피나는 눈을 가늘게 뜨고, 진지한 투로 말했다.

"무슨 소리야? 영혼은 아직 우주에 있잖아?"

"나도 확신이 있어서 말하는 게 아니야. 하지만, 상대는 영혼이니까. 거리가 떨어져 있어도, 육체에 영향을 미치는 게 아닐까?"

아무래도 아르피나가 하는 말은 구체성이 떨어진다.

아무리 드래곤이 드물다고는 해도, 절대로 나타나지 않는 것은 아니다.

솔직히 생각하면, 마주친 것은 우연이다.

"……뭐, 뭐야, 이 낌새는!"

대현자는 하늘을 올려다봤다.

그곳에는 겨울의 흐린 하늘이 있었다.

그러나 그 건너편.

구름 위에 있는 푸른 하늘보다 더욱 위.

무언가가, 있다.

떨어지고 있다.

"아아, 이 정도 가까워지면 너도 탐지할 수 있나. 자, 서두르자. 가능하면 육체와 융합하기 전에 재봉인해서 우주로 돌려보내고 싶어."

"있잖아, 아르피나. 봉인이나 우주로 보내는 것 말고, 완전히 소멸시킬 수는 없어?"

"응. 없어. 할 수 있으면 했어. 영혼이 너무 거대해서, 우리 힘으로는 부술 수 없었어. 육체도 아무리 공격해도 천천히 재생해버렸어. 그러니까 우리 둘이 재봉인하는 거야."

과연 그걸로 괜찮은 걸까 하고 대현자는 의문을 품었다.

단순히 문제를 뒤로 미루는 것뿐이다.

같은 방법으로 봉인한다 해도, 분명 또 1만 년이 지나면 퍼니셔가 돌아오고 만다.

어떻게든 해서 완전히 쓰러뜨릴 수 없을까.

대현자는 강하다. 그 사실에 확고한 자부심이 있다. 그리고 아르피나는 대현자와 필적…… 어쩌면 능가하는 힘을 갖고 있다.

그 두 명이 힘을 합쳐도 쓰러뜨리지 못할 몬스터 따위가 정말로 존재할까.

"봐. 저기야. 산산조각 내서 묻었는데, 역시 재생해버렸나 봐."

아르피나는 커다란 산맥 너머를 가리켰다.

그곳은 분지가 되어 있다.

무슨 영문인지 농작물이 자라지 않아서 옛날부터 사람이 터를 잡는 일 없이, 기억 속에 묻힌 땅이 되어 있었다.

그 지면에서 뱀 같은 황금색 물체 두 개가 하늘을 향해 뻗어 있었다.

"저게 퍼니셔……?"

"응. 아직 목만 드러냈지만, 땅 밑에는 몸통이 묻혀 있을 거야. 상당한 크기지?"

대현자는 말없이 끄덕였다.

—크다.

음, 확실히. 드러난 목만 해도 웬만한 산 정도의 높이까지 뻗어 있다.

몸통까지 나오면 얼마나 대단할지 상상도 할 수 없다.

그리고 내뿜고 있는 마력.

크다기보다, 엄청났다.

무슨 마법을 쓰고 있는 것도 아닌데, 퍼니셔의 주위가 아지랑이처럼 일그러져 보였다.

"말해두는데, 녀석은 아직 전혀 본모습이 아니야. 영혼이 저것과 합쳐지면, 이런 게 아니야."

아르피나는 이렇게 말했다. 희미하게 목소리가 떨렸다. 회중시계에서 나온 이후로 줄곧 초연했으면서, 뺨에 땀을 흘리고 있다.

또 두 개의 머리뿐만 아니라, 평범한 드래곤이 몇 마리 지면에서 기어 나왔다.

역시 아르피나가 말했던 대로 조금 전에 마주친 드래곤은 퍼니셔가 탄생시킨 것일지도 모른다.

그렇다면, 이미 다른 곳에도 드래곤이 날아들었을 가능성이 있다.

큰 피해가 나지 않았을지 걱정이다.

마침 A랭크 모험가가 있어주면 좋을 텐데.

"일단은, 잡몹들이 여기저기 가지 않게 뭉개버릴까—."

아르피나가 말을 끝맺기 전에, 대현자의 공격 마법이 분지를 덮쳤다.

파직 하는 소리와 함께 십수 마리였던 드래곤이 일제히 부서졌다. 그 파편은 빛의 알갱이로 변해 바람에 녹아들었다.

"와우. 뭐야, 방금 그 마법은? 저런 광범위를 동시에 공격하다니, 제법인데? 칼로테!"

아르피나는 눈을 휘둥그렇게 떴다. 아무래도 진심으로 놀란 모양이었다.

대현자는 반격한 것 같은 기분이 들었다.

그러나 기뻐하고 있을 수만은 없다.

어쨌든 퍼니셔도 표적으로 삼았는데, 녀석은 멀쩡했으므로.

"저 녀석, 너무 튼튼하지 않아?"

"동감이야. 근데, 너도 진심으로 한 게 아니잖아? 이번엔 같이 공격하자. 여긴 분지니까 공격의 여파가 밖으로 퍼지는 걸 최소한으로 억제할 수 있어. 뭐, 분지랄까, 전에 퍼니셔랑 싸웠을 때 생긴 분화구지만."

"싸워서 생긴 분화구라…… 난 마신과 싸운 적이 있지만, 아무리 그래도 이렇게까지 큰 분화구는 만들지 않았어."

"흠. 마신과 싸운 적이 있구나. 그거 듬직하네. 뭐, 비슷한 거야. 단지 퍼니셔가 더 재생력이 높고, 화력도 세고, 덩치가 큰 것뿐이야."

"즉 상위 호환인 거네. 좀 봐달라고."

대현자는 투덜거렸다.

그러나 퍼니셔는 사정이고 뭐고 봐주지 않았다.

퍼니셔는 두 개의 입을 크게 벌리고, 그곳에서 비늘과 똑같은 황금색 광선을 내뿜었다.

그 각각이 대현자와 아르피나를 향해 날아왔다.

광선에는 식은땀이 날 정도의 마력이 깃들어 있었다.

그렇지만, 감당하지 못할 정도는, 아니었다.

""반사!""

대현자와 아르피나는 동시에 자신의 전방에 역장(力場)을 발생시켰다.

황금빛 광선이 격돌했다.

망막이 타들어갈 듯한 빛이 발광하고, 방대한 파괴력에 의해 반사의 역장이 깨질 듯하다. 살아 있는 기분이 들지 않았다.

그러나 아슬아슬하게 반사에 성공했다.

두 개의 광선이 퍼니셔에게 되돌아가고, 대폭발이 일었다.

거대한 화구가 태어나 퍼니셔의 목을 둘 다 삼켰다.

화구에서 번진 열의 파동은 분지에 조금이나마 피어 있던 풀과 나무를 불태우고, 폭풍이 지형을 유린했다.

그것들은 분지의 녹음에 반사되어 다시 중심부를 향해 날아갔다.

“성공인가 같은 진부한 말을 하기 전에, 추격하러 갈까.”

“그래. 이 정도로 해결되는 거면, 과거의 너희가 고생할 필요는 없었을 테니까.”

대현자와 아르피나는 눈짓을 한 뒤, 아직 불꽃이 활활 타오르는 폭발의 중심부를 향해 팔을 뻗었다.

그리고 동시에 주문을 외쳤다.

““빛이여. 가장 눈부신 존재여. 우리의 마력을 바친다. 이곳에 모여라. 모든 것을 꿰뚫는 칼날로 변해라—.””

폭발의 중심부 바로 위에 한 자루의 눈부신 창이 나타났다.

그것은 두 사람의 마력을 빨아들여 몸집을 불렸다. 마침내 구름 위까지 닿고, 더욱 뻗어갔다.

““그리고 쏟아져라. 적을 단죄해라—.””

소리도 없이 창이 떨어졌다.

불꽃의 빛보다 훨씬 눈부신 그것은 곧장 뻗은 전방의 모든 것을 집어삼키면서 대지에 처박혀갔다.

분지를 가득 메우고 있던 불꽃의 빛도 빛나는 창 앞에서는 희미해지고 만다.

이윽고 창은 땅속으로 사라졌다.

구름 위까지 닿을 만큼 긴 창이다.

그것에 꿰뚫린 이상, 두 개의 목도, 땅속에 묻혀 있다는 몸통도 무사하지는 못하리라.

"성공인가?"

대현자는 진부한 말을 해봤다.

이윽고 폭발이 걷히고, 황야로 변한 분지가 드러났다.

그곳에 퍼니셔의 쌍두는 없었다.

그저 빛나는 창에 꿰뚫린, 바닥을 알 수 없는 거대한 구멍이 지면에 뻥 하고 뚫려 있을 뿐이다.

"그런 말을 하고 진짜로 성공해버리는 패턴도 드물잖아. 뭐, 어차피 나중에 재생하겠지만. 그럼 다음은……."

아르피나는 하늘을 올려다봤다.

그렇다.

지금 쓰러뜨린 것은 어차피 영혼을 갖지 않은 고깃덩어리다.

퍼니셔의 본체는 우주에서 떨어지는 영혼 쪽이다.

아아, 바로 코앞까지 날아왔다.

소름이 끼칠 정도의 위압감.

이것은 분명, 마법사가 아니더라도 느낄 수 있지 않을까?

근방에 사는 사람들이 공황 상태에 빠지지 않았으면 좋으련만.

"와, 와버렸어……!"

아르피나가 중얼거리고.

하늘을 뒤덮고 있던 구름이 잘려 나갔다.

황금빛 기둥이 땅에 처박혔다.

빛이 시야를 가득 뒤덮었다.

그리고—.

대현자가 천천히 눈을 떴을 때는 황금빛 기둥은 사라진 뒤였다.

마치 방금 그것은 단순한 엄포였다고 믿고 싶어질 만큼, 고요한 풍경이었다.

그러나 물론.

낌새는 사라지지 않았다. 아니, 강해졌다.

조금 전 아르피나가 떨리는 목소리로 「퍼니셔는 이런 게 아니야」라고 말했던 의미를, 대현자는 비로소 깨달았다.

"이거 참…… 영혼이 떨어질 때 잡고 싶었는데…… 쫄아서 옴짝달싹 못 했어."

아르피나는 뺨을 긁적이면서 자조했다.

대현자는 아무 말도 할 수 없었다. 자신도 움직일 수 없었기 때문이다.

그리고 땅 밑에서 마력이 한없이 부풀어갔다.

대지가 흔들렸다.

공간이 흔들렸다.

아르피나의 어깨도 흔들리고 있다. 얼버무리듯 그녀는 얼어붙은 미소를 지었다…… 그것을 보고 있는 자신도 떨고 있는 것을 대현자는 깨달았다.

"각오는 됐어? 칼로테."

"아직 전혀 안 됐어."

"그래도 시작될 거야."

땅에서 무수히 많은 드래곤이 튀어나왔다. 그 수는 천이 넘는다.

마치 궁병 대군이 하늘을 향해 불화살을 쏜 듯한 광경이다.

물론, 그것들은 불화살보다 훨씬 위험한, 붉은 드래곤이다.

보고 있자니 규모 감각이 이상해지고 만다.

이윽고 천 단위의 드래곤을 거느린, 진정한 공포가 모습을 드러냈다.

황금룡 퍼니셔.

영혼을 얻은 진짜 모습.

지표를 깨부수고, 마을을 거뜬히 뒤덮을 법한 거대한 날개를 펼쳤다.

작은 산이라면 휙 휘감아버릴 법한 긴 꼬리를 뻗었다.

이어서 몸통.

그곳에는 구름까지 닿을 듯한 거대한 쌍두가—.

"아, 아앗?! 어째서 목이 세 개나 있어?!"

아르피나는 믿을 수 없다는 듯이 외쳤다.

퍼니셔는 쌍두 드래곤.

대현자는 그녀에게 그렇게 들었고, 실제로 조금 전에 싸웠을 때는 그랬다.

그러나. 아아, 그러나.

어찌 된 영문일까.

지금, 눈앞에 있는 퍼니셔는 아르피나가 알고 있는 것보다 목의 개수가 많다.

1만 년이 넘는 세월이 흐르고, 더욱이 한 번 분리된 육체와 영원이 융합하는 변칙이 겹쳐, 변이한 걸까?

원인은 모른다. 모르지만, 지금은.

"놀라고 있을 때가 아니야! 싸워야 해!"

"아아…… 응…… 그래. 나는 공포 때문에 움츠러들려고 회중시계에 잠들어 있었던 게 아니야. 깨어나게 해줘서 고마워, 칼로테!"

아르피나가 분연히 일어서는 모습을 보고, 대현자도 전의를 불태웠다.

우선은 수적 불리를 메우기로 했다.

"고대 문명의 번쩍거리는 드래곤 씨. 현대의 소환술을 맛볼래?"

대현자의 마력이 주위에 불똥을 흩뿌렸다.

그것들은 크게 성장해, 인간의 형상을 갖추어갔다.

드래곤과도 맞먹을 거대한 거인이 완성됐다.

불꽃의 정령이다.

숫자는 적과 동일하게, 천.

"가렴."

대현자의 호령과 함께, 천의 정령은 드래곤들을 향해 몸을 부딪쳤다.

닿은 순간, 드래곤이 탄화할 정도의 폭발이 일었다.

완전한 자폭 공격이다.

물론 상대는 피하려 하지만, 불꽃의 정령은 그것을 뒤쫓았다.

눈 깜짝할 사이에 드래곤은 모두 사라졌다.

"오오! 굉장해, 칼로테! 공격력만 본다면 나보다 위일지도 몰라!"

"조상님이 그렇게 말해주는 건 솔직히 기쁘네. 그래도, 나한테만 떠맡기려고 하지 마."

"그런 짓은 안 해. 나는 팔팔한 열일곱 살이니까. 힘차게 일할 거야!"

아르피나는 퍼니셔에게 공격 마법을 쐈다.

"팔팔하다니……."

고대 문명인의 언어 감각에 쓴웃음을 지으며, 대현자는 아르피나의 뒤를 이었다.

표적이 거대해서 빗나갈 걱정은 없다.

맞은 부위에서 붉은 선혈이 솟구쳤다.

이 공격들은 녀석의 비늘을 관통하고 있다.

그렇다면 언젠가는 쓰러뜨릴 수 있을 거다.

그렇게 안심한 것도 잠시.

지면에 떨어진 선혈이 물컹 하고 일그러져 드래곤의 형상을 갖추었다.

아니, 형태뿐만 아니라, 날개를 퍼덕여 날아오는 것이 아닌가.

지금은 피에서 변한 그것은 액체가 아닌 개체로밖에 보이지 않고, 보통의 드래곤과 전혀 구별이 가지 않는다.

"저거야. 저렇게 퍼니셔는 드래곤을 낳아."

"불길해…… 근데, 퍼니셔가 낳을 수 있는 드래곤은 천 마리라고 하지 않았어? 그 천 마리는 방금 쓰러뜨렸는데?"

"전에 싸웠을 때는 그 정도였지만…… 늘어난 것 같아. 지금의 상한선은 어느 정도일까. 아하하."

"흠. 웃을 수밖에 없는 상황이네. 뭐, 상관없어. 드래곤이 태어나는 대로 쓰러뜨리면 그뿐이야. 퍼니셔가 재생해도, 그보다 빠른 속도로 공격하면 돼. 그리고 녀석의 육체를 완전히 파괴하면, 영혼을 술식에 봉인해서 우주로 날리는 거야. 방법은 단순해. 하는 건 아무것도 변하지 않아."

"너는 동요하지 않는구나…… 차원이 다르다는 느낌이야."

"뭐, 곧 삼백 살이니까."

"우와아! 엄청 할머니잖아!"

"만 살이 넘은 그쪽한테 할머니 소리 듣고 싶지 않거든?"

"하하, 무슨 소리야. 나는 영원한 열일곱. 마법 소녀야☆"

"뭐? 고대 문명에도 마법 소녀가 있었어?"

"응? 반대로 현대에도 있는 거냐? 유전자 조작으로 만들어진 전투용 마법사…… 우리를 아르셰 공화국 사람들은 친근함을 담아서 『마법 소녀』라고 불렀어! 우리의 활약상을 그린 그림책도 출판됐었지!"

아르피나는 우쭐해서 말했다.

이런 충격적인 사실이라니.

마법 소녀의 기원은 고대 문명에 있었다.

어쩐지 그런 느낌의 복장이라고 생각했다.

이 새로운 역사적 발견을 공표해야 할지로 고민하며, 대현자는 한동안 불면의 밤을 지새우게 될 것 같다. 낮잠은 문제없다.

어쨌든 퍼니셔를 쓰러뜨리지 않으면, 고민하는 것조차 할 수 없다.

따라서 대현자와 아르피나의 공격은 극도로 격렬해졌다.

폭발로 분지가 조금씩 넓어져갔다.

급격한 온도 변화로, 한동안 이상 기후가 이어질 것이 분명하다.
그러나 퍼니셔라고 계속 당하고 있기만 할 리도 없다.
오히려 지금까지는 탐색전이었다는 듯이 돌연 세 개의 머리에서 광선을 내뿜었다.
"반사—."
"아니, 무리야. 피해!"
대현자는 아르피나의 팔을 잡고 옆으로 크게 이동했다.
순간, 원래 있던 공간을 세 개의 광선이 뚫고 지나갔다.
회피에는 틀림없이 성공했다.
그런데도 맹렬한 『열기』를 느꼈다. 온몸에 둘러친 방어 결계가 깎여 나갔다.
"방금 걸 바로 맞았으면 우린, 증발했겠지……."
"난감하네…… 전보다 훨씬 강해졌어……."
대현자와 아르피나는 얇아진 방어 결계를 다시 치고, 퍼니셔와 마주했다.
지금의 공격으로 진짜 깎인 것은, 방어 결계가 아니라 용기다.
한 방이라도 맞으면 확실히 즉사. 피하더라도 공격이 근처를 지나는 것만으로 대미지를 입는다.
대현자는 과거 마신과도 싸웠지만, 이 정도로 가혹하지는 않았다.
자신이 모두에게 대현자로 불리는 계기가 된 싸움.

그것을 뛰어넘는 스릴.

무서워서 도망치고 싶다.

그러나 동시에, 어째선지 웃음이 터져 나왔다.

대현자는 그 인생에서 고전하는 일조차 드물었다.

하물며 패색이 짙은 싸움 따위 이것으로 겨우 두 번째다.

"후후…… 재밌네. 몸이 근질거려."

"윽, 제정신이냐?!"

"이런 순간에 불타오르는 게 모험가야."

"그게 뭐냐. 마법 소녀는 모르겠어."

그렇다.

세계 유일의 S랭크니, 아름다운 대현자니 치켜세워도, 칼로테 길드레아는 한 명의 모험가에 지나지 않는다.

적어도 이 순간, 칼로테는 미지의 몬스터에 도전하는 모험가일 뿐이다.

"자, 그럼, 다시 시작이야!"

"듬직할 따름이야. 나도 본받기로 할까!"

그리고 전투는 다시 격화됐다.

분명 칼로테와 아르피나는 둘 중 누군가가 세계 최강이고, 누군가가 넘버 투다.

그런 두 사람이 작정하고 공격 마법을 연달아 쐈다.

눈 한 번 깜빡할 사이에 왕도 서너 개가 날아갈 화력이다.

그런데도 퍼니셔는 원형을 유지하고 있었다.

목과 날개가 찢어지고 내장이 튀어나올 정도의 부상을 입어도 곧바로 재생하고, 흐른 피는 드래곤으로 변하고 만다.

악화일로. 절체절명. 승산은 전혀 보이지 않는다.

그러나 칼로테는 절망하지 않았다.

타고난 재능과, 쌓아온 지식과, 거듭해온 연구.

더욱이, 아르피나라는 듬직한 동료가 있다.

질 리가 없다.

요컨대, 퍼니셔의 마력과 체력이 다하고, 재생하지 못하게 될 때까지 계속 공격하면 된다.

그전에 이쪽의 마력이 다하면?

그런 가정은 생각하지 않는다.

퇴로 따위 처음부터 없었다.

전력을 다해 부딪칠 뿐이다.

"저기, 저 녀석의 재생 속도, 늦어지기 시작한 것 같지 않아?"

"그러게. 우리 공격이 제대로 통하고 있어!"

세 개의 목이 움직이며, 광선을 마구 쏘아 댔다.

칼로테도 아르피나도 비행 마법의 제어는 최고의 경지에 달해 있다.

아무리 퍼니셔의 목 움직임이 빨라도, 광선을 모조리 피했다.

그렇지만 스치면 그 순간 끝이므로 정신적인 여유는 없었다.

"어라라? 퍼니셔 녀석, 하늘을 날려고 하잖아?"

"우리한테 공중전을 걸려는 거야? 재밌는걸."

지금까지 지면을 네 발로 걷고 있던 퍼니셔가 마침내 날개를 퍼덕여 비상했다.

—구름까지 닿는 거대한 몸뚱이가 난다.

말로 하면 농담처럼 들리겠지만, 실제로 직접 봐도 농담으로밖에 보이지 않았다.

그러나 아무리 퍼니셔라도 크기 때문에 잽싸게 날 수는 없는 모양이다.

음속에조차 도달하지 못했다.

칼로테와 아르피나가 볼 때는 하품이 나는 속도다.

어쩔 작정으로 이륙했을까…… 하고 의문스럽게 생각했지만, 그 목적은 금방 알았다.

"이 분지를 나가려는 거야!"

칼로테의 외침은 비명에 가까웠다.

분지에서 나간다고 해서 퍼니셔의 공격력이나 방어력이 달라지는 것은 아니다.

그러나 칼로테가 이렇게까지 실컷 싸울 수 있는 것은 분지에 아무도 살지 않기 때문이다.

만약 도시나 마을이 있는 장소에 퍼니셔가 도착하면…… 그 순간 대참사로, 칼로테는 더는 대규모 공격 마법을 쓸 수 없다.

"강한 데다 똑똑하기까지. 고대 문명은 왜 이런 몬스터를 만든 거야!"

"그렇게 말해도…… 내가 태어난 나라에서 만든 게 아니니까."

그것은 안다.

오히려 아르피나는 먼 미래를 위해 자신의 복제본을 남겨두고, 퍼니셔의 습격을 알려준 은인이다.

불평하는 것은 도리에 어긋나도 한참 어긋난다.

그럼에도 말하지 않을 수 없다.

"막아야 해! 중력 마법!"

"알았어!"

둘이서 퍼니셔의 바로 밑에 초중력장을 발생시켰다.

백 배다.

거대한 몸집인 만큼 그 효과는 눈부시다.

퍼니셔는 날 수 없어져서, 분화구 가장자리로 추락했다.

그냥 떨어진 것만이 아니라, 백 배가 된 자체 중량 탓에 살이 찢겨 나가고, 뼈가 부서져 튀어나왔다.

혈액에서 발생하는 드래곤도 순식간에 숨이 끊어졌다.

효과는 탁월했다.

그러나—.

"크…… 이렇게 광범위한 곳의 중력을 다루는 건, 아무리 나라도 힘들어……."

"마을 몇 개 분량이라는 느낌이니까…… 이걸 계속하면, 우리가 자멸할 거야……."

이 마법을 영원히 계속 쓸 수 있다면, 처음부터 그렇게 했다.

이대로라면 칼로테와 아르피나의 마력이 다할 때까지 몇 분도 남지 않았다.

빨리 다음 한 수를 생각해야 한다.

그렇다 해도 퍼니셔는 무서운 상대다.

백 배의 중력에 짓뭉개지면서도 재생을 계속하고, 세 개의 목을 쳐들고 입을 이쪽을 향하려 하고 있다.

칼로테와 아르피나는 중력 마법에 집중하고 있어서 제대로 피할 수 없다.

따라서 맞으면 지고 만다.

"……아르피나. 중력을 제어하면서, 공격 마법을 쏠 수 있어?"

"어이어이. 나를 누구라고 생각하는 거야? 최강의 마법 소녀, 영원한 열일곱 살 님이라고."

"그렇게 나와야지!"

퍼니셔의 입이 이쪽을 향해 열렸다.

그 안에 마력이 모여들었다.

그러나 광선을 내뿜기 전에, 칼로테와 아르피나가 쏜 빛의 화살이 퍼니셔의 입을 꿰뚫었다. 그렇지만 짓뭉갠 것은 두 개였다.

퍼니셔의 입은 아직 하나가 남았다.

아아, 아군이 한 명 더 있으면— 그렇게 생각하면서, 다음 공격마법을 쏘려 했다.

그러나— 늦었다.

칼로테와 아르피나는 이치를 깨우친 마법사이기에 늦었다는 걸 알았다.

한순간 먼저 퍼니셔가 광선을 쏘리라는 것을 알고 말았다.

틀렸어도망쳐야해못해늦었어중력마법을해제하고피해야해지금부터는늦어진짜죽어싫어죽어—.

칼로테의 사고가 멈췄다.

지금까지는 조금이라도 가능성이 있으면, 그것이 아무리 작은 희망이라 해도 포기하지 않고 싸웠다.

그런데. 이번만은.

방법이 없다.

자신들의 힘으로는 어떻게 할 수 없다.

아무리 머리를 굴려봐도 답은 나오지 않고, 마침내 사고가 정지했다.

즉, 칼로테와 아르피나 콤비는 이 순간, 퍼니셔에게 패배했다.

그렇지만. 그렇지만.

이 세계에 존재하는 강자는 딱히 두 사람뿐만이 아니다.

강적에게 도전하는 기개를 가진 자는 그 밖에도 더 있다.

"""사이좋은 삼인조 키이이이이익!"""

낯익은 소녀들의 목소리가 울려 퍼졌다.

그리고 그 일격은 정말로 아슬아슬한 순간에 퍼니셔의 마지막 남은 머리를 밟아 뭉갰다.

한순간이라도 늦었다면 칼로테와 아르피나는 소멸했을 것이다.

그러나 그렇게는 되지 않았다.

이 현상을 말로 표현하면, 무척 진부한 것이 되고 만다.

그러나 굳이 말해볼까.

기적— 이라고.

"C랭크 이상 몬스터와 싸우는 건 교칙 위반이야. 로라, 샬롯, 안나. 그리고 하쿠."

"에헤헤. 에이, 그렇게 꽉 막힌 말씀 하지 마세요. 학장님이 아무 말씀 안 하시면, 에밀리아 선생님한테 혼나지 않고 끝나니까요."

"로라 집에서 날아왔더니, 강해 보이는 몬스터가 있어서 멋대로 뛰어들었어요! 미지의 적 앞에서도 주눅 들지 않고 도전한다. 그게 모험가니까요!"

"뭐, 상황에 따라 다르지만. 지금은 나서지 않으면 학장님 편이 죽었어. 그런데 이 번쩍거리는 몬스터는, 뭐야?"

"삐—."

그렇게 긴박했던 싸움이 소녀들의 등장으로 단숨에 잠잠해졌다.

자. 다시 재시도. 제3라운드다.

다섯 명과 신수 한 마리의 공격이다.

그것으로, 퍼니셔를 잡는다!

※

수많은 드래곤이 나는 것은 목격한 로라 일행은 서둘러 그곳을 향했다.

그러자 그 도중, 산 저편에서 뱀 같은 물체가 세 개나 하늘을 향해 뻗어가는 것이 아닌가. 구름까지 닿을 만큼 긴 그것은 황금 비늘이 있고, 구불구불 움직이는 것이 보면 볼수록 뱀을 닮았다.

그러나 끝에 있는 얼굴만은 달랐다.

드래곤이었다.

수많은 드래곤도 경이롭지만, 로라는 그 황금색 세 마리에게서 더욱 무시무시한 위압감을 느꼈다.

저것과 싸우는 것은 자신이— 사명이라고 로라는 생각했다.

지금 당장 쓰러뜨리지 않으면, 분명 큰일이 벌어지고 만다.

그런 확신이 들었다.

"로라가 물러나지 않으면, 우리도 함께하겠어요!"

"우리는 세 명과 한 마리의 팀이야. 영원히 함께야. 혼자서는 안 보내."

"글쎄 안 된다니까요! 저 커다란 금색 드래곤이 보이지 않는 거예요? 목숨을 보장할 수 없어요!!"

"어머. 그런 로라는 목숨을 보장할 수 있어요?"

"어, 없지만……."

"그럼, 우리뿐만 아닐, 로라도 돌아가야 해요."

"그럴 수는 없어요! 저 드래곤들을 어떻게든 해야 해요!"

"그래. 어떻게든 해야 해. 그러니까 같이 가자."

"목숨을 보장할 수 없는 건 모두 같아요. 그렇다면, 이대로 나아가든, 돌아가든 모두 함께하는 거예요."

"로라랑 하쿠만 가는 건 안 돼."

샬롯과 안나는 로라의 양쪽에 서서 진지한 얼굴로 말했다.

로라는 뭐라고 반론하려 했지만, 떠오르지 않았다.

과거 왕도에서 흡혈귀가 날뛰었을 때 로라는 싸움에 참가했지만, 샬롯과 안나는 집을 봤었다.

목숨을 보장할 수 없었기 때문이다.

그리고 지금 역시 이대로 나아가면 목숨을 보장할 수 없다.

그러나 흡혈귀 사건과 다른 점은 로라조차 죽임당할지 모른다는 거다.

그렇다. 세 명의 조건은 같다.

언제나 놀이로 몬스터와 싸울 때는 **모두가** 안전하다.

저 황금색 드래곤과의 싸움은 **모두가** 위험하다.

똑같다.

그렇다면―.

"……고집쟁이들이군요…… 마음대로들 하세요."

로라는 어깨를 움츠리며 질린 연기를 했다.

모두 함께 가기로 결심한 그때― 몸의 떨림이 멎었다.

아아, 지금까지 떨고 있었다는 것을 깨달았다.

구름까지 뻗은 황금 드래곤을 본 이후로 로라는 희미하게 떨고 있었다.

그런데, 두 사람과 함께 가기로 정한 순간, 마음이 편해졌다.

이상한 일이다.

위험한 사실에는 변함이 없는데.

"로라. 웃고 있어. 귀여워."

"우리들의 듬직함을 새삼 깨달았다는 반응이에요!"

"삐—."

"따, 딱히 그런 거 아니에요! 자, 이제 곧 산을 넘을 거예요!"

부끄러움을 감추려 로라는 전방을 가리켰다.

그리고 산을 넘어, 분지 상공에 접어들었다.

그러자 경악할 광경이 날아들었다.

세 마리로 보였던 황금 드래곤은 실은 거대한 삼두 드래곤이었다.

그리고, 그것과 싸우고 있는 대현자와 마법 소녀 같은 차림을 한 낯선 소녀.

그녀들은 믿기 힘들 정도의 대규모 중력 마법으로 삼두 드래곤을 묶어두고 있었다.

드래곤은 살일 찢기고 뼈가 부러졌지만, 곧바로 재생하고는 다시 무너져갔다.

그런 상태인데도 드래곤은 세 개의 머리를 들고, 대현자와 소녀를 향해 입을 벌렸다.

입 안에 방대한 마력 반응이 있었다!

저걸 맞고 버틸 수 없는 자 따위 이 지상에 존재하지 않으리라.

대현자와 소녀는 중력 제어를 하면서 공격 마법을 쏴, 드래곤의 머리를 부수는 신들린 솜씨를 보였다.

그러나 파괴에 성공한 것은 두 개. 아직 하나가 남았다.

그것을 본 순간, 로라의 몸은 움직이고 있었다.

그리고, 미리 의논한 듯이 샬롯과 안나도 움직였다.

황금 드래곤이 남은 입에서 마력 덩어리를 토해내려 하고 있었다.

대현자와 소녀는 중력 마법을 해제하고, 피하려 했다.

그러나, 늦었다.

두 사람의 얼굴에 공포가 떠올랐다.

그때. 로라 일행은 이미 황금 드래곤의 머리 위에 있었다.

"""사이좋은 삼인조 키이이이이익!"""

황금 드래곤의 마지막 머리를 부쉈다.

공격을 막는 데 성공했다.

"C랭크 이상 몬스터와 싸우는 건 교칙 위반이야. 로라, 샬롯, 안나. 그리고 하쿠."

대현자가 농담처럼 말했다.

그 얼굴은 최고의 미소를 띠고 있었지만, 눈꼬리에 눈물이 맺힌 것처럼 보였다.

"에헤헤. 에이, 그렇게 꽉 막힌 말씀 하지 마세요. 학장님이 아무 말씀 안 하시면, 에밀리아 선생님한테 혼나지 않고 끝나니까요."

로라는 대현자의 표정의 의미를 어쩐지 알 수 있었다.

조금 전 로라는 모두와 함께 가기로 결심했을 때, 공포가 거짓말처럼 사그라드는 것을 느꼈다.

대현자도 그것과 비슷한 기분이 든 것이리라.

"로라 집에서 날아왔더니, 강해 보이는 몬스터가 있어서 멋대로 뛰어들었어요! 미지의 적 앞에서도 주눅 들지 않고 도전한다. 그게 모험가니까요!"

"뭐, 상황에 따라 다르지만. 지금은 나서지 않으면 학장님 편이 죽었어. 그런데 이 번쩍거리는 몬스터는, 뭐야?"

"삐—."

그렇게 모두가 쳐다보는 가운데, 황금 드래곤은 재생하기 시작하고 있었다.

모든 머리가 짓이겨졌는데, 원래대로 돌아오고 있다.

다리나 꼬리가 재생하는 거라면 그나마 이해할 수 있다. 그러나 머리가 으깨지고도 원래대로 돌아온다면, 도대체 어떻게 돼야 죽는 걸까.

불사신의 생물이 아닐까.

그런 의문이 떠올랐다.

"저건 너희가 고대 문명이라고 부르는 것이 만들어낸 최강의 몬스터. 피니셔야. 옛날에는 목이 두 개뿐이었지만, 어느새 세 개로 늘어났어. 이거 참, 덕분에 살았어. 너희가 와주지 않았다면 아웃이었어. 아직 어린데 굉장한 힘이네. 누구신가?"

낯선 소녀가 황금 드래곤의 정체를 알려주었다.

퍼니셔라고 하는 모양이다.

흠, 강해 보이는 이름이다.

그건 그렇고, 이 소녀는 누굴까?

"아아, 미안. 먼저 내 소개부터 하는 게 예의지. 내 이름은 아르피나 아사일. 시간이 없어서 대충 설명하지만, 초대 마법 소녀 중 한 명이야."

"정말 대충이네."

옆에서 대현자가 쓴웃음 지었다.

"마, 마법 소녀?! 그것도 초대! 굉장해요! 아, 소개가 늦었어요. 저는 로라 에드몬즈예요."

"저는 샬롯 가자드예요."

"안나 아네트야. 잘 부탁해."

그렇게 로라 일행이 자기소개를 하자,

"애들은 우리 학교 학생이야."

대현자가 그렇게 보충했다.

"흠. 칼로테의 제자라. 그래서 강하구나. 뭐, 그렇다손 쳐도 너무 강한 것 같기도 하지만, 아주 듬직해."

아르피나는 초연한 것이 대현자보다 종잡을 수 없는 분위기지만, 로라 일행을 듬직하게 생각해주는 것은 진심인 듯하다.

"그리고 제 머리 위에 타고 있는 애는 하쿠예요."

"삐이."

"하쿠라면, 신수 하쿠냐? 성체라면 같이 싸워달라고 할 수 있겠지만, 태어난 지 얼마 안 된 것 같네."

"하쿠는 작지만 강해요!"

"삐—!"

"흠. 그럼 같이 싸우자."

"그건 그렇고, 초대 마법 소녀라는 건 뭐예요?! 학장님처럼 오래 살고 있는 거예요?!"

"고대 문명 때 처음 만들어진 마법 소녀 중 한 명이야. 내가 아는 한, 그 이전에 마법 소녀는 없었으니까 초대라는 거야."

"고대 문명인이군요! 그럼 만 살 이상?!"

"하하, 아니야. 나는 영원한 열일곱 살이야. 어쨌든 마법 소녀니까."

"잘 모르겠지만 굉장해요! 뵙게 돼서 영광이에요! 실은 저희도 마법 소녀예요! 샬롯, 안나, 변신해요!"

"후후…… 마법 소녀가 되는 건 오랜만이에요."

"변—신."

안나의 맥 빠진 호령과 함께 로라 일행의 몸이 빛에 휩싸였다.

그리고 순식간에 복장이 마법 소녀의 것으로 바뀌었다.

혹시 이런 일이 있을까 봐, 로라는 항상 차원 창고에 마법 소녀 의상을 넣고 다녔다.

그것을 꺼내, 몸을 마법의 빛으로 감싼 틈에 서둘러 갈아입고, 원래 입고 있던 옷을 차원 창고에 넣었다.

이것이 변신 마법의 구조다!

“우와! 이 시대의 마법 소녀를 만나다니 나도 영광이야. 다 같이 싸우면 퍼니셔도 이길 수 있을 거야!”

아르피나가 요란하게 기뻐하는 옆에서, 대현자가 언짢은 표정을 지었다.

“내 의상은 없는 거니?”

“학장님 의상도 엄마가 만들어주셨지만, 에밀리아 선생님한테 줘버렸어요.”

“세, 세상에!”

“하지만 안심하세요. 이런 일이 있을까 봐, 하나 더 만들어달라고 했거든요. 자, 학장님. 변신하세요!”

로라는 대현자를 마법의 빛으로 감쌌다. 그리고 차원 창고의 문을 열고, 빛 속으로 마법 소녀의 의상을 집어던졌다.

빛이 걷히자, 멋지게 마법 소녀 복장으로 갈아입은…… 아니, 변신한 대현자가 있었다.

“우후후. 이 나이에 마법 소녀는 좀 쑥스럽네.”

“무슨, 괜찮아, 칼로테. 마법 소녀는 열일곱 살에서 나이를 먹지 않게 돼 있으니까. 그러니까 너도 열일곱 살이야. 어울려, 야호~!”

“고마워, 아르피나……. 나는 마법 소녀 칼로테 길드레아! 대현자는 세상의 이목을 피하기 위한 가짜 모습이야!”

대현자는 이름을 대고 적극적으로 포즈를 취했다.

그러자 아르피나도 그 뒤를 이었다.

“마법 소녀 아르피나 아사일! 초대의 사랑스러움에 기절해버려!”

이렇게 되면 로라 일행도 포즈를 취하는 수밖에 없다.

“마법 소녀 안나 아네트. 마법 소녀지만 검사야.”

“마법 소녀 고저스 샬롯, 화려하게 등장했어요!”

“마법 소녀 로라 에드몬즈! 반에는 비밀이에요!”

로라 일행은 즉흥적으로 포즈를 취했다.

파자마레인저 시절부터 이런 건 자신 있다.

“삐—.”

하쿠도 날개를 펼치고 폼을 잡았다.

그렇게 이름을 댄 마법 소녀들은 눈 아래에서 재생 중이던 피니셔를 향해, 일제히 공격을 개시했다.

그것은 마치 태양이 지상에 떨어져 내리는 것처럼 격렬한 것이었다.

먼저 대현자가 백 개가 넘는 거대한 얼음 기둥을 상공에 형성했다.

그것들은 퍼니셔에게 초음속으로 쏟아져 내려, 비늘을 뚫고 살을 도려내고, 지면에 꿰매어 붙여 꼼짝 못 하게 했다.

이어서 아르피나가 기후를 조종했다. 잿빛이던 구름이 검에 변해가고, 마치 밤처럼 어두워졌다.

그러나 돌연.

눈앞이 새까매질 정도의 섬광이 굉음과 함께 쏟아져 내리고, 세계가 빛으로 휩싸였다.

그것은 수많은 번개다.

퍼니셔의 표피를 태웠을 뿐만 아니라, 얼음 기둥을 통해 내부로 흘러들었다.

세 개의 입에서 피가 솟구쳤다.

샬롯이 불꽃 덩어리를 쏘고, 안나가 마법검에서 폭풍과 벼락을 동시에 쐈다.

로라는 허리에서 칼을 뽑아, 칼날에 마력을 흘려 넣고 내리쳤다. 그러자 빛이 칼의 형상이 되어 날아가, 서서히 커지면서 퍼니셔에게 접근했다. 명중했을 때는 퍼니셔의 몸통을 관통할 정도가 되어 있었다.

하쿠도 입에서 광선을 뿜어 공격해주었다.

"꺅! 이렇게 공격했는데, 또 재생하고 있어요!"

아직 퍼니셔가 살아 있는 것만으로도 놀라운데, 원래의 모습으로 돌아가려 하고 있다. 로라가 비명을 지르는 것도 무리가 아니니라.

"아니. 처음에는 저 정도 상처라도 순식간에 원래대로 돌아왔었는데, 상당히 느려지기 시작했어."

"그래. 적어도 머리를 전부 부수면, 마법 소녀의 멋진 포즈를 할 시간을 벌 수 있는 정도는 됐어. 분명 얼마 남지 않았어. 힘내서 공격하자."

퍼니셔는 이를테면 회복 마법을 상시 사용 중인 거나 마찬가지다.

보통은 순식간에 마력이 부족해지지만, 퍼니셔의 무한하게까지 느껴지는 마력이 그 농담 같은 재생 능력을 뒷받침하고 있다.

그러나 무한해 보인다고 해도, 진짜 마력이 무한히 있다고는 생각하기 어렵다.

즉, 퍼니셔의 마력이 없어질 때까지 공격을 계속하면 이길 수 있다.

좋게 말하면 단순하고, 나쁘게 말하면 억척스러운 작전이다.

그러나 그것 말고 다른 방법은 떠오르지 않고, 이렇게 효과가 나타나고 있었다.

원래 대현자와 아르피나가 상당히 힘을 깎았을 때, 더욱이 로라 일행까지 참전한 거다.

이길 수 있을 터다.

"이크. 드래곤이 잔뜩 나왔어."

퍼니셔가 흘린 피가 수십 마리의 드래곤으로 변해 날개를 퍼덕였다.

대부분은 지면을 떠나기 전에 대현자와 아르피나의 공격 마법으로 증발했지만, 다섯 마리 정도가 탄말을 뚫고 하늘로 올랐다.

"저건 제가 쓰러뜨릴게요!"

"로라, 저랑 안나한테 한 마리 양보해주세요!"

"알겠어요! 힘내세요!"

로라는 샬롯이 하고 싶은 것을 금방 눈치챘다.

그래서 드래곤을 네 마리만 쓰러뜨리고, 남은 한 마리를 방치했다.

"자, 안나. 이번에야말로 우리가 쓰러뜨려요!"

"바라던 바야. 둘이서 드래곤도 쓰러뜨리지 못하면, 이 이후는 더 말할 가치도 없어."

두 사람은 쇄도해오는 드래곤을 노려봤다.

샬롯은 마력을 모으고 모았다—.

안나는 마법의 쌍검으로 마력을 다듬고 다듬었다—.

그리고 단숨에, 동시 해방했다.

빛의 파성퇴(破城槌)가. 벼락과 폭풍이. 드래곤의 머리를 꿰뚫었다.

"해냈어! 해냈어요!"

"정말로 드래곤을 쓰러뜨렸어…… 하면 돼……!"

샬롯과 안나는 한순간 승리의 여운에 잠겼다. 그렇다, 한순간뿐이다.

왜냐하면 진짜 적은 퍼니셔이므로.

드래곤 한 마리는 그녀들에게 큰 한 마리일지라도, 싸움 전체에는 아무런 영향도 미치지 않는다.

그렇지만.

"잘됐네요! 샬롯, 안나."

로라도 두 사람의 승리를 기뻐했다.

"너희, 미안한데 그런 건 나중에 해줘. 자, 온다."

아르피나의 진지한 목소리.

그리고, 이쪽을 향하고 있는 퍼니셔의 세 개의 입.

"샬롯이랑 안나가 분발해줬어. 우리도 지고 있을 수는 없어."

"그래. 지금이라면 무엇이든 물리칠 수 있을 것 같아."

터무니없는 마력을 담은 광선 세 개가 발사됐다.

그에 대현자와 아르피나는 마력 장벽을 전개했다.

보통의 방어 결계와는 다르다…… 막는 것이 아니라, 저것은.

““반사!””

세 개의 광선이 휙 일그러져, 퍼니셔에게 되돌아갔다.

그리고 몸통에 직격했다.

큰 구멍이 뚫리고, 내장이 줄줄 쏟아졌다.

그런 꼴이 되고도 퍼니셔는 움직임을 멈추지 않고, 오히려,

“연속 발사라고요?!”

다시 한 번, 세 개의 광선이 쇄도해왔다.

대현자와 아르피나가 구축한 반사의 벽은 두 번째 공격을 버틸 수 있을 것 같지 않다.

“저도 도울게요!”

로라는 조금 전의 공방을 보고, 반사의 마법을 익혔다.

따라서 이미 존재하는 반사의 벽에 중복해서 마법을 걸었다.

그것으로 강도를 되찾은 반사의 벽은 무사히 광선을 유턴시켜 퍼니셔의 앞발 하나를 절단시켰다.

“와, 너는 굉장한 애구나, 로라. 네가 도와주지 않았다면 지금 건 위험했어. 고마워.”

“천만에요. 자, 이제 한 걸음 남았어요. 숨통을 끊어요!”

배의 구멍도, 절단된 앞발도, 좀처럼 원래대로 돌아오지 않았다.

돌아오기는커녕, 자신의 긴 목을 지탱할 체력도 남아 있지 않은지, 맥없이 꺾여 땅에 뻗었다.

"마지막은 완전 화려한 기술이 좋아요!"

"샬롯 양, 좋은 말을 하네. 나하고 잘 통하겠어. 그럼, 내가 퍼니셔 위에 빛나는 구체를 띄울 테니까, 다들 거기에 마력을 모아줘."

아르피나는 공을 던지는 듯한 동작으로, 빛나는 구체를 하늘 높이 쏘아 올렸다.

들은 대로, 로라 일행은 하늘을 향해 팔을 들고, 마력을 거기로 흘려보냈다.

"난 그런 재주는 못 부리는데."

마법 소녀이지만 원래는 검사인 안나가 미안한 듯이 중얼거렸다.

그녀는 자기가 부담하는 마력으로 강화 마법과 방어 마법을 조금은 쓸 수 있다. 두 개의 마법검 덕분에 바람 마법과 벼락 마법을 자유자재로 다룰 수도 있다.

그러나 멀리 떨어진 장소에 마력을 흘려보내는 기술은 갖고 있지 않다.

"안나는 제 어깨에 손을 얹고 마력을 보내주세요. 그걸 제가 제 것과 같이 보낼게요!"

"삐!"

"아, 하쿠 것도 보낼게요."

"삐—."

그렇게 모인 마력은 공중에 거대한 분홍색 하트 모양을 만들어냈다.

얼마나 큰가 하면, 퍼니셔보다 클 정도다.

"좋았어. 슬슬 된 것 같네. 그럼, 다들, 매지컬 러블리 하트 어택이라고 외쳐!"

"엑. 뭐야, 그 부끄러운 기술명은."

아르피나의 말을 들은 안나는 노골적으로 싫은 얼굴을 했다. 이미 누가 봐도 알 정도로 분명히 싫어하고 있었다.

그러나.

"어머, 귀엽고 좋잖아. 마법 소녀 같아."

대현자는 적극적이다.

"그렇지? 뭐, 초대 마법 소녀인 내가 고안한 기술이니까, 마법 소녀 같은 게 당연하지만. 내 사상이 현대까지 남아 있어서 기뻐."

"훌륭한 사상을 남겨주셔서 감사해요."

"마법 소녀는 소녀들의 꿈이니까요! 그렇게 귀여운 공격 마법이 어울리는 건 마법 소녀뿐이에요!"

물론 로라도 샬롯도 적극적이다.

그 기세에 눌려, 안나도 마지못해 끄덕였다.

"……뭐, 나도 귀엽다고는 생각하지만……."

모두의 마음이 하나가 됐다.

바야흐로 마법 소녀 최대의 필살기가 해방되는 순간이다.

“““““매지컬 러블리 하트 어택!!!!!!!!”””””

“삐—.”

거대한 하트가 퍼니셔를 짓뭉갰다.

그것은 평화를 사랑하는 마법 소녀들의 마음이 구현된 것이다.

사랑의 힘이다.

사악한 퍼니셔 따위 한 방에 쳐부수고, 하트는 땅에 스며들어 사라졌다.

그 후에는 아무것도 남아 있지 않았다.

그 거대한 퍼니셔는 죽은 몸뚱이조차 남기지 않고 사라졌다.

“해냈다! 우리가 이겼어요!”

로라는 주먹을 불끈 쥐고 승리를 포즈를 취했다.

그러나.

“아니, 아직이야. 퍼니셔의 육체를 쓰러뜨린 것뿐이니까. 영혼을 봉인하지 않으면, 다시 부활해서 날뛸 거야.”

“앗?! 이 상태에서도 재생하는 거예요?! 하지만 전혀 남아 있지 않은걸요!”

“흔적이 없어도 재생해버리니까 무서운 거야. 그러니까, 내가 퍼니셔의 영혼을 봉인해서 우주로 쏘아 올릴게.”

그렇게 말한 아르피나는 눈을 감았다.

무언가에 집중하고 있다.

이윽고, 퍼니셔가 조금 전까지 있던 장소가 희미하게 금색으로 빛나기 시작했다.

그 빛은 차츰 강해지고, 날아올라, 공중에서 한 점에 모였다.

작은 한 점이다. 그러나 강한 빛을 뿜고 있다.

"저게 퍼니셔의 영혼……."

대현자가 작게 중얼거렸다.

"황금의 짐승이여. 파괴의 화신이여. 너는 패배했다. 영혼뿐인 가련한 모습이다. 아아, 비참하여라. 저항할 힘은 사라졌다. 내 우리 안에서 유구한 잠에 빠져, 우주를 헤매어라."

아르피나가 주문을 외었다.

그러자 하늘에 정육면체가 나타났다.

그것은 십자가의 형태로 모양을 바꾸고, 내부에 퍼니셔의 영혼을 가둬버렸다.

"안녕히, 단죄자(퍼니셔). 너의 심판 따위, 누구도 필요로 하지 않는다는 것을 알아라—."

주문의 끝을 맺었다.

십자가는 튕기듯이 위를 향해 속도를 올렸다.

그 기세에 주위의 구름이 날아가고 푸른 하늘이 보였다.

십자가는 푸른 하늘 속을 날아, 순식간에 자취를 감췄다.

"……후우, 끝났어, 끝났어. 적어도, 이걸로 또 만 년 정도는 괜찮을 거야. 조만간 퍼니셔의 육체만 이 땅에 재생하겠지만, 영혼이 없으면 그냥 고깃덩어리일 뿐이야. 예전의 내가 그랬던 것처럼, 구멍이라도 파서 묻어."

"수고했어. 당신이 없었다면, 어떻게 됐을지 몰라. 정말 고마워, 아르피나."

대현자는 손을 잡고 진심으로 고마움을 전했다.

"그건 내가 할 말이야. 나 혼자서는 속수무책이었어. 이 시대에 강한 마법사가 많이 있어줘서 다행이야. 이 상태라면, 다음 만 년 후도 문제없겠지."

"우리는 다음 세대로 힘을 남겨갈게. 그게 계속 이어지면, 몇만 년이 흘러도 퍼니셔에게는 지지 않아."

"응. 그러길 빌어. 그런데 칼로테. 문제도 정리됐으니, 나한테 살짝 이 시대를 안내해줘. 아까 그 도시만이라도 좋으니까."

"그런 건 전혀 어려울 거 없어. 왕도는 재미있는 곳이니까 분명 당신도 마음에 들 거야."

고대 문명인인 초대 마법 소녀 아르피나를 안내한다—.

그런 재미있어 보이는 이벤트를 노칠 루라가 아니다.

"저도 같이 갈래요!"

"물론, 저도예요!"

"나도나도."

"삐이."

당연하게도 모두가 손을 들었다.

그러나.

"어머, 너희들. 로라 집에서 날아온 거잖아? 돌아가지 않으면, 브루노랑 도라가 걱정하지 않아~?"

대현자가 정확한 지적을 했다.

로라도 부모님께 걱정을 끼치고 있는 상태인 것은 본의가 아니다.

"으음…… 여기서는 분명 한 번 돌아가는 수밖에 없어요. 하지만 저희도 아르피나 씨와 놀고 싶어요! 금방 쫓아갈 테니 어딘가에서 기다려주세요!"

"그래? 그럼 폐하의 집무실에서 만나. 과자를 먹으면서 기다릴게."

"폐하의 과자! 맛있을 것 같아요! 서둘러 갈게요!"

그렇게 해서 두 팀으로 갈라지게 됐다.

퍼니셔라는 전대미문의 몬스터에게 이긴 직후인데 너무 태평한 것 같은 느낌도 들지만, 진 직후에 태평한 것보다는 나으리라.

어쨌든 이겼다. 그 후로는 놀아도 괜찮다.

그렇게 태평한 기분으로 밀레베룬 마을을 향해 날아가는 도중에, 뛰고 있는 브루노, 도라와 엇갈렸다.

그리고 「아무리 모험가라지만, 위험에 뛰어드는 게 너무 지나쳐!」 하고 로라 일행은 호되게 야단맞았다.

※

마법 소녀에서 원래의 옷으로 갈아입은 로라 일행은 약속대로 여왕의 집무실로 향했다.

문지기에게 「학장님과 만나기로 약속했어요」라고 했더니, 간단히 들여보내주었다.

"로라예요. 들어가도 돼요?"

문을 두드리고, 여왕의 허가를 얻은 다음 거침없이 들어갔다.

"이거 원. 일국의 여왕의 방이 약속 장소가 되다니…… 팔레온 왕국이 언제부터 이런 나라가 된 것이냐."

여왕은 책상에서 턱을 괴고 투덜거렸다.

그런 쩨쩨한 소리는 하지 않아도 되잖아요, 하고 로라는 순간 생각했지만, 곰곰이 따져 보면 투덜거리는 게 당연한 상황이었기에 웃음으로 얼버무리기로 했다.

"아아, 역시 이 상황은 일반적이지 않구나. 어지간히 대충대충인 나라구나 했어.”

소파에 앉아서 초콜릿을 먹고 있던 아르피나는 그렇게 말하며 깔깔 웃었다.

“아무리 시대가 진보해도, 왕궁에 일반인이 막 들어오는 게 평범해지지는 않아. 아니, 굳이 왕궁이 아니더라도, 남의 집에 함부로 들어오는 건 안 돼. 대현자는 종종 왕궁에 함부로 들어오지만, 부디 너희는 따라 하지 말거라.”

여왕은 심각하게 말하며 로라, 샬롯, 안나를 둘러봤다.

그 말에는 일리는 물론이고 백리쯤 있어 보였기에 세 명 모두 깊이 끄덕였다.

“자. 다들 모였으니, 저녁을 먹으러 가자.”

아르피나의 옆에 앉아 있던 대현자는 초콜릿을 입에 휙 넣고는 일어났다.

“저녁…… 어디에 가는데요?”

“어머, 로라. 왕도에서 저녁이라고 하면 뻔하잖아. 란정이야.”

“와아, 역시! 마침 라멘을 먹고 싶은 기분이었어요!”

“라멘? 내가 살던 시대에는 없는 음식이야. 어떤 요린데?”

아르피나는 흥미로운 듯이 물어왔다.

“그건 보여주기 전까지 비밀이야.”

“라멘과의 만남은 식문화의 새로운 한 페이지예요. 아르피나 씨도 라멘의 포로가 될 게 틀림없어요!"

"그렇게까지 기대감을 높여도 괜찮은 거냐? 나는 꽤 미식가야."

기대로 눈을 반짝이는 아르피나를 데리고, 다 같이 란정으로 향했다.

단, 여왕만은 남았다.

일국의 왕족쯤 되면, 가엽게도 자유롭게 놀러 다닐 수도 없는 모양이다.

로라는 여왕의 몫까지 맛있게 라멘을 먹기로 속으로 맹세했다.

"란 씨, 니나 씨, 안녕하세요."

"오오, 너희 왔구나해. 처음 보는 여자애를 데리고 왔구나해."

"너희들, 겨울 방학 숙제가 끝나서 여행 간 거 아니었어?"

란정의 점장 란과 점원 니나가 맞이해주었다.

"여기 아르피나 씨에게 라멘 맛을 보여주고 싶어서, 잠시 돌아왔어요."

"흠. 아르피나 씨…… 마법 소녀 같은 차림이네."

니나는 아르피나를 자세히 쳐다봤다.

"그래. 나는 초대 마법 소녀니까 당연해."

아르피나는 새침한 얼굴로 가슴을 활짝 폈다.

"초대……?"

무슨 영문인지 모르겠다는 얼굴로 니나는 자리로 안내해주었다.

다행히, 큼지한 테이블 하나가 비어 있어서, 기다리는 일 없이 앉을 수 있었다.

늘 붐비는 란정에서는 드문 일이다.

분명 열심히 퍼니셔를 해치웠으니, 분명 그 포상인 거다.

"자. 아르피나 씨는 일반 라멘을 맛보여줄까요? 아니면, 가장 인기 있는 모험가 라멘으로 할까요? 고민되는 일이에요……."

"어려운 문제예요오."

그렇게 로라 일행이 고민하는데.

"처음인 사람은 일반 간장 라멘을 추천한다해. 전통의 맛이다해."

란이 주방에서 얼굴을 내밀고 말했다.

그러고 보니 란은 원래 이 나라 사람이 아니었다.

훨씬 동쪽에 위치한 라아라는 나라 출신으로, 라멘은 그곳의 전통 요리다.

란 일족은 세상에 라멘을 퍼뜨리기 위한 활동을 하고 있고, 이미 대륙의 동쪽에서는 일반적인 음식이 된 모양이다.

그러나 대륙 서쪽에서는 전혀 알려져 있지 않다.

그래서 처음 한 걸음으로, 이 팔레온 왕국의 왕도 레디온을 선정해 란을 파견한 거다.

"흠. 라멘에는 다양한 변주가 있지만, 기본은 그 간장 라멘이구나. 그럼 나는 간장 라멘으로 할게."

"고맙다해. 분명 마음에 들 거다해."

그렇다면 다른 네 명과 한 마리도 간장 라멘을 먹기로 했다.

그도 그럴 것이, 요즘은 계속 모험가 라멘에 마늘 추가가 이어져왔기 때문이다.

무슨 일이건 기본을 등한시해서는 안 된다.

"그럼, 간장 라멘 다섯 개랑 작은 덮밥이지?"

니나가 주문서에 주문을 적어갔다.

"네, 그렇게 부탁드려요."

"삐—삐—!"

"왜 그래요, 하쿠? 혹시 라멘을 일인분 통째로 먹고 싶은 거예요?"

"삐!"

"안 돼요! 또 마시멜로 같은 체형이 될 거예요!"

"삐이……."

하쿠는 테이블 위에서 슬픈 듯이 고개를 숙였다.

그 모습이 너무나 가여워서, 로라는 그만 라멘을 일인분 더 추가로 주문할 뻔했다.

그러나 내장지방 체형이 되는 것은 하쿠의 건강에 해롭다. 지금은 마음을 독하게 먹어야 한다.

"니나…… 간장 라멘 다섯 개랑 작은 덮밥으로 최종 주문 할게요…… 빨리 그 주문서를 갖고 주방으로 가주세요…… 제가 이성을 잃기 전에……!"

"로라는 뭐든 요란하게 표현하는 애야……."

니나는 질린 투로 말하며, 주문서를 란에게로 갖고 갔다.

"휴, 위험할 뻔했어요. 하쿠가 귀여운 몸짓으로 저를 유혹해서 곤란해요."

로라는 이마에 난 땀을 소매로 훔쳤다.

"삐—."

그러는 사이에도 하쿠는 테이블 위를 데굴데굴 구르며 사랑스러움을 마구 흩뿌렸다. 이런 깜찍한 생물이라니!

"신수의 어릴 때 모습을 찬찬히 보는 건 처음이지만, 이렇게 귀여운 거였구나. 배웠어."

아르피나는 줄곧 감탄한 모습으로 하쿠를 바라봤다.

그러자 그 시선을 느낀 하쿠가 「삐—」 하고 울면서 아르피나의 품으로 뛰어들었다.

"아하하, 간지러워. 내 가슴은 그렇게 크지 않아서 매달려도 재미없을 텐데?"

아르피나는 그렇게 말한 뒤.

"아아. 그래도, 로라보다는 재미있겠지만."

하고 괜한 소리를 했다.

"우우우. 저는 성장기라서 작은 건 어쩔 수 없어요. 몇 년쯤 후에는, 이 중에서 가장 큰 가슴이 돼 있을지도 몰라요."

"어머, 안 돼요. 로라는 몇 년이 지나도 지금 모습 그대로예요."

"맞아맞아. 전 세계가 그걸 바라고 있어."

"확실히, 지금보다 자란 로라는 상상할 수 없어~."

샬롯과 안나뿐만 아니라, 대현자까지 그런 말을 했다.

농담이라고 해도 심하다.

로라는 몸이 작은 것을 걱정하고 있는데 말이다.

"하하. 나도 로라는 그대로가 좋다고 생각해."

"아르피나 씨까지! 히이이, 고대 문명인에게도 성장하지 말라는 말을 들어버렸어요…… 그래도 저는 잔뜩 먹고 자랄 거예요. 설사 세상을 적으로 돌릴지라도……."

그런 말을 하고 있는데, 니나가 라멘을 가져다주었다.

"너는 정말 뭐든 요란하게 말하는구나."

"그렇지 않아요. 니나가 너무 담백한 거예요."

"쿨하다고 해줘."

그리고 라멘을 다 같이 먹었다.

로라 일행은 먼저 숟가락으로 국물을 떠먹었다. 담백함 속에도 감칠맛이 있어 아주 맛있다.

아르피나도 따라서 국물부터 먹었다.

"이야아아! 맛있어!"

눈을 동그랗게 뜨고 먹었다.

맛있는 음식은 장소와 시대를 초월한다.

세계 평화로 가는 첫걸음이다.

그렇게 라멘을 먹으면서 로라, 샬롯, 안나는 비로소 퍼니셔에 대한 자세한 이야기를 들을 수 있었다.

또한, 퍼니셔가 부화할 것을 예견하고, 아르피나가 자신의 복제본을 회중시계에 봉해 후세에 남겼었다는 것도 처음으로 알게 됐다.

"마법 소녀에게 그런 장대한 스토리가 있었다니…… 몰랐어요."

"지금까지 정신없이 날뛰느라 설명할 틈이 없었으니까."

"마법 소녀의 변신 포즈를 할 시간은 있었는데."

안나의 날카로운 지적에 제아무리 고대 문명인이라도 끙 하고 신음했다.

"아아, 그나저나 라멘은 정말 맛있었어. 이렇게 멋진 가게에 데리고 와줘서 고마워."

"천만에요!"

"다음은 어디에 데리고 가줄 거야?"

"글쎄요…… 그럼, 파자마레인저의 발상지로 가요!"

"파자마레인저……?"

의아해하는 아르피나를 데리고, 로라 일행은 단골 잡화점으로 갔다.

그곳은 그 동물 잠옷을 샀던 가게다.

"다양한 물건이 있어서 즐거운 가게네. 아무리 있어도 질리지 않을 것 같아."

"알아요. 하지만 일단은 동물 잠옷을 사요. 아르피나 씨도 파자마레인저가 되는 거예요."

"파자마레인저에는 아직 조류가 없어요. 그러니 조류가 좋아요."

"펭귄이 귀여워."

"정말, 귀여워! 현대에는 이렇게 귀여운 잠옷이 있는 거냐. 굉장하네."

"얼른 사서 다 같이 파자마레인저로 변신해요!"

서둘러 계산을 마치고, 쌩하고 기숙사로 갔다.

그리고 로라와 샬롯의 방에 모여, 다 같이 동물 잠옷으로 갈아입었다.

강아지 잠옷을 입은 로라, 토끼 잠옷의 샬롯, 고양이 잠옷의 안나, 상어 잠옷의 대현자, 펭귄 잠옷의 아르피나까지.

"이걸로 육해공을 제패했어요!"

"굉장해요. 파자마레인저는 무적이에요!"

"설마 이렇게 대규모 조직이 될 줄은 몰랐어."

창립 멤버인 세 명은 저마다 환호성을 질렀다.

그러나.

"어라? 펭귄은 확실히 조류지만, 하늘은 날 수 없어."

"그러게~. 그 대신 헤엄은 잘 치지만."

아르피나와 대현자가 그런 지적을 했다.

그것을 들은 로라 일행은 얼어붙었다.

"……네? 새인데 펭귄은 날 수 없는 거예요?"

"날 수 없는데 새라고 하는 건 이상해요. 새의 도리에서 벗어났어요."

"어떤 의미로 사기야."

"신랄한 애들이네…… 좋아, 알았어. 까짓것 내가 하늘을 난 펭귄 제1호가 되어보지!"

아르피나는 양손을 펼치고 파닥거렸다.

그러자 멋지게 바닥에서 떠오른 것이 아닌가!

"굉장해요! 역시 새는 날 수 있네요!"

"이걸로 펭귄이 조류라는 게 증명됐어요!"

"한 건 해결. 축하축하."

물론, 그것은 날갯짓에 의한 부력이 아니라, 마법의 힘으로 떠오른 것이었지만, 그런 멋없는 말은 누구도 하지 않았다.

펭귄이 날았다.

중요한 것은 그 사실이다.

"인형탈 전대 파자마레인저는 마침내 다섯 명이 됐어요. 육해공

에 적은 없어요. 다음에 나쁜 녀석이 나타나면, 이 다섯 명이 모여서 싸워요!"

"삐!"

"다섯 명과 한 마리였어요."

"삐이."

하쿠는 침대 위에서 만족스레 끄덕였다.

"그럼, 다시…… 다섯 명과 한 마리가 된 신생 파자마레인저! 평화를 위해 싸워요!"

"""""예에에에!"""""

"삐—!"

다 같이 힘껏 외치자, 사감 아주머니가 찾아와서 「지금이 몇 신 줄 아는 거예요!」라고 야단쳤다.

평화의 여정은 험난하다.

힘내라, 파자마레인저!

지지 마, 파자마레인저!

※

파자마레인저의 주제가를 생각하는 사이에 로라, 샬롯, 안나, 하쿠가 잠들어버렸기에, 대현자와 아르피나는 그녀들을 침대에

눕힌 다음 장소를 옮기기로 했다.

"이거 참. 말도 안 되게 기운 넘치는 아이들이었어. 퍼니셔와 싸우는 것보다 피곤해."

"후후, 그럴지도 모르지. 그래도 즐겁지?"

"응. 만 년 넘게 세월이 흘러 이것저것 변해버렸지만, 그래도 사람들에게 미소가 있어서 다행이야. 과거에 우리 마법 소녀가 퍼니셔로부터 세계를 지킨 것에 의미가 있었어. 그리고 내 의식을 회중시계에 봉한 의미도. 이걸로 안심하고, 다음 만 년 후를 위해 잠들 수 있어."

대현자와 아르피나는 학장실 옆에 있는 수면실로 이동해, 그곳의 침대에 드러누워 이야기를 나누었다.

물론, 상어와 펭귄 잠옷을 입은 채로.

"……역시, 회중시계 속으로 돌아가는구나."

"돌아가. 이렇게 실체화해 있는 것만으로도, 엄청난 마력을 써. 사실은 퍼니셔의 영혼을 우주로 보냈을 때 회중시계로 돌아가야 했지만…… 좀 더 너희와 이야기가 하고 싶어서, 살짝 반칙을 저질렀어."

아르피나는 자조했다.

대현자는 그 망가져버릴 것 같은 미소야말로 그녀의 진짜 얼굴처럼 느껴졌다.

그녀는 11,425년 전에, 자신의 의식을 복제해 회중시계에 봉했다.

원형인 아르피나는 그 후 자신의 인생을 완수했으리라.

그러나 복제본인 그녀는 아니다.

그녀의 시대에 살던 사람들은 모두 멸족했고, 그뿐 아니라 건물도 나라도 문화도 모든 것이 사라졌다.

완전히 다른 세계에 온 것이나 마찬가지다.

얼마나 큰 고독일까. 얼마나 큰 불안일까.

그런데 그녀는 지금의 세상을 위해 싸워주었다.

그리고 다음 세상을 위해 다시 잠든다고 한다.

더욱이 만 년이 흘렀을 때, 세상이 어떻게 돼 있을지 누구도 상상할 수 없다.

어쩌면 이미 인류는 존재하지 않을지도 모른다.

그럼에도 그녀는 잠드는 거다.

"저기, 아르피나. 당신은 역시 내 조상님일까?"

"그럴 거야. 그랬으면 좋겠어. 그게 더 낭만적이니까. 그러고 보니 칼로테. 너는 아이가, 없는 거야?"

"없어~."

"그건 안 돼. 내 핏줄을 끊어지게 하지 말아줘. 다음에 눈을 떴을 때, 낭만을 느낄 수가 없잖아."

"그래…… 생각해볼게."

“하하, 힘내줘. 그나저나, 그 로라라는 애한테는 놀랐어. 그 애, 전투 중에 우리를 보고『반사』를 익혔어. 너무 굉장해. 몇 년쯤 후에는 우리 둘 다 추월당할지도 몰라.”

“로라의 재능은 진짜야. 내가 봐도 가끔 믿을 수 없을 정도로. 로라도 당신의 피를 이어받은 거려나?”

“아닐 거야. 단순히 머리카락 색이 다른 것뿐만 아니라, 나 같은 피를 이어받은 정도로는 그 월등한 재능은 설명할 수 없어. 아마도, 로라는 내 피와는 상관없는『진짜 돌연변이』일 거야.”

“그럼, 로라는 세상에 유일무이한 존재네. 세상에서 가장 큰 고독을 맛볼지도 몰라…….”

대현자는 자신과 어깨를 나란히 할 강자가 없는 사실에 줄곧 고독을 느껴왔다.

그러다, 로라가 나타남으로써 대현자는 희망을 품었다.

언젠가 같은 영역으로 와줄 거라고.

그러나 같은 영역 수준이 아니라, 분명 로라는 대현자를 추월해 저 멀리 아득한 곳으로 가버리리라.

그렇게 됐을 때, 로라는 무슨 생각을 할까.

이 세상에 자신보다 강한 자는 존재하지 않고, 마음만 먹으면 세계를 없애버릴 정도의 존재가 됐을 때, 로라의 마음은 버틸 수 있을까.

"하하, 괜찮아. 로라한테는 좋은 친구들이 많이 있어. 그리고 칼로테. 너도 아직 더 노력해서 더 강해지면 돼. 로라한테 간단히 추월당해선 안 되고, 추월당하면 다시 추월하는 거야."

"가볍게 말하네…… 하지만, 그래. 당신 말이 맞아, 아르피나."

대현자 칼로테 길드레아는 아직 살아 있다.

살아 있다는 것은 변한다는 거다.

아무 노력도 없이 강해져왔다.

과거에는 고전했던 마신도 지금이라면 일대일로도 이길 수 있다고 자부하고 있다.

그래서 지금보다 더 큰 힘은 필요 없다고 생각했었다.

그러나 오늘 자신의 힘은 퍼니셔에 훨씬 미치지 못했다.

세상은 생각했던 것보다 넓었다.

"낮잠 시간을 조금 줄이고 수련이라도 해볼까."

"힘내, 칼로테. 하는 김에 불로의 마법을 터득해서, 그 모습 그대로 만 년 후까지 살아 있어줘. 또 같이 싸우자."

"느긋한 이야기네~. 뭐, 내키면 말이지."

"기대할게. 그리고 다음에야말로 퍼니셔를 영혼째 완전히 파괴하자. 봉인 같은 어중간한 짓을 하지 않아도 되도록. 미래에 우울한 유산을 남기지 않아도 되도록."

"할 수 있으려나?"

"할 수 있어. 만 년이 지나고, 인간은 진화했어. 너는 강해. 로라도 있어. 샬롯과 안나도 대단해. 그리고 라멘이 맛있었어…… 만 년이 더 지나면, 퍼니셔 따윈 적이 아니야."

"아르피나. 당신, 인간을 믿는구나."

"당연하지. 안 그러면 못 해먹어."

"후후, 그래. 나는 먼저 스스로를 믿는 것부터 해볼게."

"너라면 할 수 있어. 그럼, 나는 이만 잘게. 너희를 만날 수 있어서 좋았어. 회중시계, 소중히 다뤄줘. 내 집이니까."

"말하지 않아도 이건 쭉 내가 아끼는 물건이야. 24시간 늘 지니고 다닐게."

"고마워. 잘 자, 칼로테. 만 년 후에 또 봐—."

아르피나는 눈을 감았다.

그러자 그 몸이 희미해지고, 은색의 빛 알갱이로 변해갔다.

그리고 대현자가 목에 걸고 있는 회중시계로 빨려 들어가, 사라졌다.

대현자는 아르피나가 누워 있던 곳에 손을 뻗었다.

아직 체온이 남아 있다.

그러나 그녀는 이제 없다—.

"아니. 여기에 있어. 잘 자, 아르피나. 만 년 후에 또 만나자."

대현자는 회중시계의 가장자리를 살며시 어루만지면서 자신도 눈을 감았다.

줄곧 고독하다고 생각해왔다.

자신과 나란히 할 강자 따윈 없다고 생각했다.

그러나 줄곧 옆에 있었다.

지금도 여기에 있다.

그 사실을 알고, 대현자는 평소보다 희망에 찬 기분으로 잠들었다.

제 4 장 겨울 방학의 속편

자, 오늘도 아르피나를 데리고 다녀야지 하고 로라 일행은 씩씩하게 눈을 떴지만, 아르피나는 이미 회중시계로 돌아가버린 모양이다.

기운이 빠진다. 하지만 죽은 게 아니니, 조만간 만날 수 있을 거다.

로라 일행은 기운을 차리고 밀레베룬 마을로 돌아갔다.

그리고 다시 눈사람을 갖고 놀거나, 도라가 만든 오믈렛을 먹으며 즐거운 겨울 방학을 보냈다.

그러던 어느 날 오전.

"로라. 저한테 눈덩이를 던져요!"

"앗, 눈싸움을 하자고요? 바라던 바예요. 얍!"

로라는 눈을 뭉쳐 샬롯에게 던졌다.

그러자.

"반사!"

그렇게 외치며 샬롯이 팔을 뻗었다.

그러나 눈덩이는 그대로 샬롯의 얼굴을 퍽 하고 때렸다.

"차가워요오……."

"그야 당연해요. 반사의 마법은 어려우니까요."
"하지만 로라는 퍼니셔의 광선을 반사했었잖아요."
"그건…… 학장님과 아르피나 씨와 셋이 함께였으니까요."
"셋이 함께든 뭐든, 해낸 것에는 변함없어요. 그리고 눈덩이 정도는 혼자서 할 수 있을 거예요. 자, 로라. 다시 한 번 해요!"
"하아…… 감기에 걸려도 몰라요."
로라는 눈덩이를 던졌다.
샬롯이 기합을 넣은 목소리로 「반사!」 하고 외쳤다.
눈덩이가 샬롯의 목 부근에서 옷 속으로 들어갔다.
"차가워요! 차가워요!"
"피하면 되잖아요……."
"그건 안 돼요. 꼭 반사할 거예요!"
그러나 그 후 몇 번을 반복해도, 샬롯이 눈투성이가 될 뿐이었다.
"샬롯. 눈 속에 파묻혔어버렸어요."
"삐—."
샬롯은 눈덩이를 너무 많이 맞은 결과, 커다란 눈덩이에서 머리만 쏙 내민 상태가 됐다.
그야말로 속수무책이다.
"너무해요…… 결국 로라는 이렇게 될 걸 노리고 던진 거군요."
"무슨 소린지 모르겠어요오. 이왕 동그래졌으니, 굴려볼게요.

데굴데굴."

"아아, 그만하세요오!"

※

안나는 로라, 샬롯과는 따로 움직였다.

브루노와 진지하게 검 수련을 하기 위해 마을을 벗어나 설원 한복판에 와 있었다.

"스승님. 진지하게 부탁해."

"응? 무슨 일이냐, 안나. 평소보다 굉장한 기합인데."

"……하던 대로 하면, 언제까지고 로라를 따라잡을 수 없어. 껍질을 깨고 싶어. 분명 샬롯도 같은 생각일 거야."

"흠. 그래도 그렇게 바라는 대로 강해질 수 있는 게 아니다. 하루하루의 꾸준한 단련으로 조금씩 성장하는 수밖에 없어…… 라고 말하고 싶지만."

브루노는 거기서 의미심장하게 말을 끊고, 씨익 웃었다.

"꾸준한 단련이 필요한 건 당연해. 하지만 성장이라는 건 반드시 조금씩이라는 건 없어. 어느 날 갑자기 요령을 깨친달까…… 다시 태어난 것처럼 강해질 때도 있어. 아니, 나는 그쪽인 경우가 많았어."

"다시 말해서?"

"다시 말해서, 안나. 너도 어느 날 갑자기, 각성해서 단숨에 강해질 수도 있다는 거다. 그걸 도와주마. 덤벼라."

브루노는『기합의 진지 모드』가 되어, 온몸에서 마력을 마구 뿜어냈다.

안나는 마법의 쌍검을 양손에 쥐고, 후 하고 숨을 토하고 집중했다.

생각해보면「갑자기 각성해서 단숨에 강해진다」는 브루노의 말에는 안나도 짚이는 데가 있었다.

예를 들면, 모험가 학교에 입학해서 로라와 샬롯에게 강화 마법을 배웠을 때.

또는 이 마법 쌍검을 손에 넣고, 능숙하게 다룰 수 있게 됐을 때.

안나는 퍼니셔와의 싸움을 겪고, 초조함을 느끼고 있었다.

어떻게 하면 성장할 수 있을지 고민했다.

매일 노력하고 있으니 매일 조금씩 강해질 텐데, 어째서 그렇게 되지 않을까 하고.

하지만, 껍질을 깨는 순간이 오지 않으면, 자신의 성장은 좀처럼 실감할 수 없다.

다만, 그 껍질을 깨기 위해서는 하루하루의 단련이 필요하다.

해야 할 것은 지금까지와 다르지 않다.

노력하지 않고 강해지는 방법이나 지름길을 찾은 것은 아니다.

그렇지만, 초조함이 사라졌다.

“고마워, 스승님. 그럼— 갈게요.”

안나는 전력을 다해 정면으로 달려들었다.

브루노가 상대라면, 순수한 검술을 배울 수 있다.

로라가 상대라면, 안나는 이미 검술로는 압도하고 만다. 그럼에도 로라는 강화 마법에 의한 신체 능력으로 안나의 검에 맞선다. 물론, 자신보다 압도적으로 빠른 상대와 싸우는 연습은 되지만, 『검의 기술』이라는 점에서 배울 것은 더는 없다.

그렇기에 브루노는 안나에게 소중한 스승이다.

“흠, 좋은 칼 솜씨다.”

보라. 이렇게 여유 만만하게 안나의 검을 튕겨내고 있다.

전사학과의 교사도 이렇게는 할 수 없다.

“안나. 너는 어떤 검사가 되고 싶으냐? 강한 힘으로 모든 것을 쳐부술 거냐? 질풍 같은 속도로 상대를 농락할 거냐? 늘 선수를 쳐서 압도할 거냐? 아니면 상대의 움직임을 본 다음 대응할 거냐?”

브루노는 안나의 공격을 전부 튕겨내면서 물어왔다.

벼락을 쓰든 바람을 쓰든, 전부 대응당하고 만다.

무슨 짓을 해도 브루노에게 칼날이 닿을 것 같지 않다.

그래서 안심하고 무엇이든 시도할 수 있다.

—내가 어떤 검사가 되고 싶은지라.

안나는 정식으로 생각해봤다.

강한 힘으로 쳐부순다…… 는 건 상상할 수 없다. 미래에는 어떻든, 지금의 자신은 자그맣다. 강화 마법에 재능이 그렇게 많은 것도 아니다.

속도. 그렇다, 자신의 싸움은 언제나 수고를 중시해왔다. 그것이 성향에 맞았다. 이쪽이 계속 공격하면, 상대는 방어하는 수밖에 없다. 그리고 언젠가는 방어가 무너지고, 안나의 칼날이 적에게 닿는다.

공격뿐만 아니라, 방어를 하든, 회피를 하든 속도는 중요하다.

아무리 거대한 힘을 갖고 있어도 상대에게 맞지 못하면 소용없다. 그러나 속도는 모든 적을 제어한다. 전국을 스스로 컨트롤할 수 있다.

"나는, 좀 더 빨라지고 싶어."

지금까지는 막연히 강해지고 싶었다. 그것이 구체적인 갈망이 되어, 안나를 움직이기 시작했다.

그때, 왼손에 쥔 벼락의 마법검에서 번개가 용솟음쳤다.

안나가 의도한 것이 아니다.

그러나 안나의 마음에 응답하고 있는 것 같았다.

나를 좀 더 이용해.

벼락의 마법검이 그렇게 말하는 것처럼 느껴졌다.

그렇지만 안나는 이미 근육에 전기를 흘려보내 속도를 올리는 방법으로 벼락의 마법검을 쓰고 있다.

이 이상 어떻게 속도에 활용할 수 있을까.

“왜 그러냐, 안나. 생각에 잠긴 얼굴을 하고. 검속이 둔해졌어. 이번엔 새롭게, 내가 공격해줄까!”

브루노는 그렇게 말하고, 안나의 머리를 향해 검을 내리쳤다.

칼날이 아니라 평평한 부분으로다. 따라서 맞아도 베이는 일은 없지만, 뇌진탕은 각오해야 한다.

검으로 막을까?

아니, 그것보다 아슬아슬하게 피해서 반격하고 싶다. 가능하면 브루노의 등 뒤로 파고들고 싶다.

그러나 아무리 강화 마법을 써도, 근육에 전기를 흘려보내도, 그 정도의 가속은 불가능하다.

브루노의 등 뒤로 파고드는 것은 그야말로 번개 자체라도 되지 않는 한은.

—그렇다. 나는 번개가 되고 싶다. 샬롯에게도 로라에게도 뒤처지고 싶지 않다. 번개처럼 질주해서 따라잡고 싶다!

다음 순간, 안나의 눈앞에 브루노의 등이 펼쳐져 있었다.

“어?”

무슨 일이 일어났는지 모른 채 굳어버렸다.

"어?"

브루노도 예기치 않게 검을 허공에 휘두르게 되어 살짝 고꾸라졌다.

"어이, 안나. 너, 어떻게 이동한 거냐…… 나한테는 네 몸이 빛나더니…… 그래, 번개처럼 변해서 내 옆을 지나간 것처럼 보였어!"

이쪽으로 돌아선 브루노는 목소리를 떨고 있었다.

경악. 공포. 그리고, 환희? 여러 감정이 뒤섞인 표정이다.

그것은 안나도 마찬가지였다.

요컨대 어떻게 반응해야 할지 몰랐다.

단 한 가지 분명한 것은 안나의 몸에 무엇인가가 일어나 『순간이동』해버린 사실이다.

"모르겠어…… 그냥, 번개가 되고 싶다고 생각했더니, 스승님 뒤에 서 있었어……."

"모르겠다라. 안나. 너는 분명, 엄청난 껍질을 깨려 하는 중이야. 방금 한 것과 같은 걸 자기 의사로 할 수 있게 되면, A랭크가 될 수 있어."

A랭크, 그것은 드래곤을 혼자서 쓰러뜨릴 수 있는 모험가라는 뜻이다.

에밀리아와 같은 랭크다.

"하는 거야, 안나. 번개가 되고 싶거든 돼버려. 나는 마법에 대해서는 전혀 모르지만, 요컨대 기합이다. 나는 기합으로 마법을 쓰고 있고, 너도 지금 그렇게 했어. 끝없이 노력하고, 머리를 쓰고, 기합을 넣으면 웬만한 건 할 수 있어!"

브루노는 다시 검을 겨누었다.

어떻게 했는지 모른다. 그러니 알 때까지 반복한다.

정말이지 브루노다운 수련법이다.

아니다. 분명 그것은. 검과 마법에 한하지 않고, 모든 분야에 통하는 당연한 방법이다.

로라나 대현자 같은 괴물급의 천재가 아닌 한, 누구나가 거치는 길이다.

"스승님. 부탁해요!"

정통적인 방법으로, 괴물급의 천재들과 나란히 서는 거다.

제 5 장 샬롯의 소원

겨울 방학은 눈 깜짝할 사이에 끝났다.

로라로서는 퍼니셔라는 무척 강한 몬스터와 싸울 수 있었고, 초대 마법 소녀를 만날 수 있어서 무척 충실한 겨울 방학이었다.

어째선지 도중에 샬롯이 반사의 마법에 빠져버려, 그 연습 상대가 되어야 했지만, 그냥 샬롯이 눈투성이가 되는 것으로 끝났다.

딱 한 번 눈덩이가 되돌아온 적이 있지만, 뭐 우연이리라.

그것보다, 안나가 어쩐지 브루노와의 특훈으로 새로운 기술을 습득한 것 같다.

두 사람 모두 씨익 웃기만 할 뿐 자세한 것은 가르쳐주지 않지만, 표정만 봐도 알고 만다.

그것은 분명 새로운 필살기다.

"자—. 그럼 겨울 방학 숙제를 제출하도록 해. 로라. 샬롯. 겨울 방학 숙제를 제출해."

"에밀리아 선생님, 왜 저희만 지목하시는 거예요?!"

"여름 방학 때 무슨 짓을 저질렀는지, 벌써 잊은 거야?"

"끙…… 그건 과거의 일이에요. 저희는 매일 성장하고 있어요!"

"맞아요. 문제집도 일기도 완벽해요!"

그렇게 로라와 샬롯은 콧김을 뿜으며 교단 위에 숙제를 탁 하고 내려놓았다.

그것을 팔락팔락 넘겨본 에밀리아는 「와!」 하고 감탄했다.

"정말 제대로 다 했구나. 장해. 선생님이 오해했어. 미안해."

"아셨으면 됐어요. 에헴."

"그런데 일기에 『드래곤보다 강한 퍼니셔를 쓰러뜨렸습니다』라고 적혀 있는데, 이거 교칙 위반 아냐?"

"……네?"

교칙 위반.

듣고 보니 확실히 그랬다. 그러나 그것은 인류의 존망이 걸린 위기였다.

"용서해주세요, 에밀리아 선생님! 그럴 수밖에 없어요!"

"맞아요! 저희…… 특히 로라가 없었다면, 지금쯤 세계가 어떻게 됐을지 몰라요!"

로라와 샬롯이 필사적으로 변명하자, 에밀리아는 킥킥 웃기 시작했다.

"알아. 이야기는 학장님한테 들었어. 그러니까 이 일에 관해서는 나무라지 않겠지만…… 교칙 위반인 건 분명해. 다음에 또 이런 일이 있더라도, 일기에는 쓰지 마."

흠. 그것은 지당한 의견이다.

"네에."

"알겠어요."

"뭐, 교칙을 어기지 않는 게 가장 좋지만……."

그것도 실로 지당한 의견이지만, 딱히 로라 일행은 어기고 싶어서 어긴 것이 아니라는 것도 이해해주길 바란다.

적이 이상하게 찾아오는 것이다.

어쨌든 숙제 제출에는 성공했고, 설교도 없다.

3학기는 무척 평화롭게 시작됐다.

그리고 점심시간.

오랜만에 학교 식당으로 갔다.

"로라에몬 씨! 하쿠 님! 샬롯 씨, 안나 씨! 오랜만입니다!"

카운터로 갔더니, 수인 미사키가 꼬리를 실룩거리면서 맞이해주었다.

삼각 두건 밑으로 귀도 움직이고 있었다. 역시 만지고 싶어지는 귀다.

"오랜만이에요, 미사키. 겨울 방학은 어떻게 보냈어요?"

"한가해서 오이세 마을에 돌아갔었습니다. 고향에서 느긋하게 지냈습니다."

"그거 뜻 깊은 겨울 방학이었네요."

로라는 진지하게 말했다.

"아무튼, 로라에몬 씨. 겨울 방학 동안, 하쿠 님을 위한 오늘의 메뉴가 완성됐습니다."

"와, 대단해요! 이제 제 몫을 하쿠에게 나눠주지 않아도 되는군요!"

"그렇습니다. 로라에몬 씨는 자기 몫을 다 먹을 수 있고, 하쿠 님도 살찔 걱정이 없습니다."

로라는 기쁜 나머지 펄쩍 뛰었다.

하쿠도 머리 위에서 「삐—」 하고 기쁜 듯이 울었다.

겨울 방학이 되기 직전까지 로라와 하쿠는 각자 한 사람분을 주문해 먹었다.

그러나 로라는 몰라도, 하쿠의 몸집은 새끼 고양이 정도밖에 되지 않는다. 그런 하쿠가 일인분씩이나 먹으면 당연히 과식이다.

그 결과, 하쿠는 마시멜로 같은 체형이 되고 말았다.

다행히 다이어트에 성공해서 하쿠는 원래의 날씬한 체형으로 돌아왔다. 하지만 요요가 오지 않도록, 이제 일인분을 먹게 하지 않고 로라의 몫을 조금 나눠주기로 했다.

덕분에 로라의 양이 줄어버렸다.

그러나 이제 그런 슬픈 일은 겪지 않아도 되는 모양이다.

혁명이었다.

"그럼, 오믈렛과 하쿠용 오늘의 메뉴를 주세요!"

"알겠습니다. 오늘의 하쿠님 메뉴는 미니 오믈렛입니다."

"우와. 똑같네요!"

"참고로, 내일은 미니 햄버그스테이스가 될 예정입니다."

"……같은 건 오늘뿐이군요."

"로라에몬 씨. 내일도 오믈렛입니까. 역시 로라에몬 씨입니다!"

"로라는 겨울 방학 동안, 집에서 건강한 식생활을 해서, 분명 오믈렛이 부족한 거예요. 참고로 저는 토마토 피자로 할게요."

"건강한 식생활이라고는 해도, 이틀에 한 번은 오믈렛을 먹은 것 같은데…… 아, 나는 버섯 파스타로 할게."

"알겠습니다!"

그리고 주문한 음식이 바로 나왔다.

이 학교 식당의 속도감은 다른 레스토랑 따위는 흉내 낼 수 없다.

그러면서도 맛있으니 신기한 일이었다.

"그나저나, 슬슬 샬롯의 생일이네요."

자리에 앉은 로라는 곧바로 오믈렛을 먹으면서 화제를 꺼냈다.

오늘은 1월 17일.

샬롯의 생일은 2월 2일이다.

앞으로 보름 정도밖에 남지 않았다.

"제 생일 파티는 그렇게 성대하게 치러줬고, 안나의 생일 파티도 했어요. 샬롯의 파티도 계획해야 해요."

"그러게. 장소는 어디가 좋을까?"

안나는 파스타를 포크로 빙빙 감으면서 중얼거렸다.

"어머, 두 사람 다 그렇게 신경 써주지 않아도 돼요. 그래도…… 우후후. 제 생일을 기억해주셔서 기뻐요오."

샬롯은 양 볼을 손으로 감싸고, 웃으며 몸을 꼬았다.

"샬롯은 솔직한 게 미덕이에요. 그럼 바로 폐하께 부탁해서 저 때처럼 왕궁을 전세 내서……."

"자, 잠깐만요, 로라. 아무리 저라고 해도, 제 생일 파티를 왕궁에서 열면 주눅이 들 거예요……."

"네에? 그럼 왜 제 생일 파티는 왕궁에서 한 거예요? 자기가 주눅 들 것 같은 일을 왜 저한테는……."

"왕궁의 큰 홀을 전세 낸 건 학장님이에요!"

"흠, 그 부분에 관해서는 샬롯이 억울해."

"그, 그렇군요…… 의심해서 미안해요……."

샬롯의 평소 행실 탓에 그녀가 벌인 일인 줄 알았다.

증거도 없이 넘겨짚는 것은 좋지 않다.

반성했다.

"알아준 거면 됐어요. 그리고 제 생일은 매년 아버지, 어머니께서 집에서 축하해주세요. 그러니 로라와 안나를 그곳에 초대할게요."

"와, 그랬군요! 그럼, 사양하지 않을게요!"

"후후. 로라를 위해서 오믈렛을 준비할게요~."

"우와! 앗, 샬롯의 생일이니까 샬롯이 좋아하는 걸로 준비해야 해요."

"제가 좋아하는 건 로라의 미소예요."

"그, 그렇군요……?"

잘 몰랐지만, 일단 「그렇군요」라고 로라는 말해뒀다.

"그렇게 정해졌으면, 약속대로 샬롯에게 장갑을 만들어줄게."

"저도 모자를 만들게요! 학장님께 만드는 법을 배워야겠어요."

"고마워요. 그건 그렇고, 로라에게 다른 소원을 말해도 될까요?"

샬롯은 불쑥 진지한 얼굴이 됐다.

"갑자기 진지해지고, 무슨 일이에요? 제가 할 수 있는 일이라면, 뭐든 할 게요……."

"제 생일 밤. 로라는—."

그녀가 말한 소원은 무척 갑작스러운 동시에 한편으로는 지극히 당연한 것처럼 들렸다.

로라는 깊이 생각하지 않고 끄덕였다.

"알겠어요. 그럼 파티가 끝난 뒤에."

"받아들여줘서 고마워요. 로라."

샬롯은 훗 하고 웃었다.

기백이 있는지 없는지. 얼마만큼의 결의인지. 표정으로는 읽을 수 없었다.

"……그거. 나도 봐도 돼?"

안나가 중얼거렸다.

"네. 물론이에요."

"……알았어. 옆에서 지켜볼게."

살짝 무거운 분위기는 거기서 끝났다.

그 후로는 평소대로 떠들면서 점심을 즐겼다.

오랜만에 먹은 학교 식당의 오믈렛은 맛있었다.

하쿠도 미니 오믈렛을 맛있게 먹어치웠다. 그리고 부족한 듯이 로라를 올려다봤지만, 졸라도 나눠주지 않았다.

※

방과 후.

샬롯은 혼자 대현자를 찾아서 교내를 걷고 있었다.

대체로 늘 수면실에서 자고 있지만, 오늘은 없었다.

뭐, 그런 일도 있겠거니 하고 찾아다녔더니, 옥상에서 겨우 찾았다.

"학장님. 낮잠도 안 주무시고 뭐 하세요?"

“정말. 내가 맨날 잠만 자는 것처럼 말하지 마. 뭐, 분명 다른 사람보다는 많이 잘지도 모르지만…….”

“가볍게 열 배 정도는 더 주무세요.”

“그렇진 않아♪”

대현자는 웃은 뒤,

“좀 생각하고 있었어. 과거나 미래에 대해서.”

그렇게 말하고, 목에 건 회중시계를 손가락으로 덧그렸다.

아르피나를 떠올리고 있는 걸까.

그 사람은 샬롯의 눈에도 강렬한 사람이었다.

어떤 식으로든 간에, 설마 대현자와 동등한 힘을 가진 자가 나타날 줄은 몰랐다.

그리고 퍼니셔.

그 전대미문의 대재해라고도 부를 수 있는 몬스터와의 싸움에서 샬롯은 아무것도 할 수 없었다.

그저 안나와 둘이서 드래곤 한 마리를 쓰러뜨렸을 뿐이다.

원래는 그것조차 쾌거지만, 바로 옆에서 대현자, 아르피나, 로라의 활약을 보게 된 거다.

자신을 칭찬할 마음은 들지 않았다.

그러나, 그저 무력감이 자리 잡게 됐을 뿐인 싸움은 아니었다.

샬롯은 자신이 약한 것을 오래전부터 알고 있었다.

언제나, 어떻게 하면 강해질 수 있는지 그 방법을 찾았다.

그 싸움은 샬롯에게 한 가지 수확을 안겼다.

“학장님. 저한테 반사의 마법을 가르쳐주세요.”

“반사? 그건 꽤 어려워. 샬롯이 노력파인 건 알지만, 노력한다고 익힐 수 있는 게 아니야.”

“알아요. 알지만, 지금 저에게는 그게 필요해요!”

퍼니셔의 마력은 굉장한 것이었다. 대현자, 아르피나, 로라 세 사람을 합친 것보다도 컸다.

그러나 세 사람은 힘을 합쳐 퍼니셔가 쏜 광선을 반사했었다.

자신보다 큰 마력을 반사하는 거다. 상대의 마력을 이용해 공격하는 거다.

그게 가능해지면, 자신보다 강한 자를 이길 가능성이 생긴다.

분명, 아무리 노력을 거듭한다 해도, 샬롯의 마력이 로라를 뛰어넘는 일은 없으리라.

그것은 받아들여야 한다.

그것을 전제로 이길 방법을 모색하는 거다.

반사의 마법은 하나의 해답처럼 느껴졌다.

“……흠. 그런 거네. 좋아. 같이 해줄게. 하지만 진짜로 배울 생각이면, 이 주변에서는 못 해. 주위에 피해가 생기고…… 샬롯의 목숨이 몇 개라도 모자라.”

"그, 그럼!"

"자, 진정해. 그걸 쓰자. 그거라면 몇 번을 죽어도 괜찮잖아?"

샬롯은 처음에 대현자의 말뜻을 이해하지 못했다.

그러나 곧 이해했다.

아아, 그래. **꿈의 세계**에서라면, 어떻게 되든 현실에 영향은 없다.

"바로 오늘 밤부터 부탁드려요!"

"그래. 나도 기대하고 있을게."

샬롯의 생일까지 특훈할 기회는 열일곱 번밖에 없다.

너무너무 적다.

그렇지만 반드시 익힐 것이다.

그리고 생일 파티가 끝난 후—.

※

그리고 밤.

샬롯은 대현자에게 빌려 온 매직 아이템을 머리 밑에 놓고 자기로 했다.

"어라? 그건 『클라우드 꿈 베개』죠? 누구와 어떤 꿈을 꾸려는 거예요?"

로라는 당연한 궁금증을 말했다.

"그건 비밀이에요. 꿈속에서 비밀 특훈을 할 거예요."

"에이, 그러지 말고 알려주세요."

"친한 사이에도 비밀은 있는 거예요."

"우우…… 뭐, 됐어요. 어차피 생일에 대비한 특훈일 테니까요. 당일이 되면 뭘 했었는지 알게 돼요."

"그래요. 그때까지 기대하세요!"

그리고 샬롯은 눈을 감았다.

잠은 잘 드는 편이라서 금방 꿈속 세계로 들어갈 수 있었다.

대현자에게 빌려 온 이 클라우드 꿈 베개는 클라우드 꿈 베개를 쓰고 있는 사람들끼리 똑같은 꿈을 꿀 수 있는 신기한 도구다.

단순히 같은 꿈을 꾸는 것뿐이라면 클라우드 꿈 베개 말고도 그런 마법을 쓰는 방법이 있다.

하지만 클라우드 꿈 베개에는 꿈을 세세하게 설정할 수 있는 이점이 있었다.

"……그 새까만 공간이에요."

샬롯은 베개가 만들어낸 꿈속 세계에서 잠을 깼다.

꿈인데 깬다는 것도 묘한 이야기지만, 어쨌든 깼다.

그곳은 위도 아래도 좌도 우도, 모든 것이 새까만, 아무것도 없는 장소다.

전에도 이곳에 온 적이 있다.

"샬롯 님. 잘 오셨습니다. 언제나의 클라우드 꿈 세계의 관리자입니다."

어디선가 아름다운 목소리가 선명히 들려왔다.

"오랜만이에요. 학장님도 꿈의 세계에 계시나요?"

"네. 칼로테 님은 몇 시간 전부터 기다리고 계십니다. 참고로 이번 꿈은 죽으면 그 자리에서 부활합니다. 일일이 현실로 의식이 돌아가지 않습니다."

"다시 말해, 실질적으로 꿈속에서는 죽지 않는다는 건가요?"

"네. 다만, 통각은 그대로 살아 있어서 목을 베이거나 심장을 찔리면 고통을 느낍니다. 현실이라면 즉사할 상처의 고통을 맛보게 되니, 정신이 무너지지 않도록 주의해주십시오."

그것은 주의한다고 해서 되는 일일까.

그러나 샬롯은 끈질긴 근성을 드러내는 것이라면 누구에게도 질 것 같지 않다.

근성이 있으면 어떻게든 될 거다.

"그럼, 칼로테 님이 계신 곳으로 보내드리겠습니다. 괜찮으시겠지요?"

"네, 부탁드려요!"

대답한 순간, 풍경이 바뀌었다.

그곳은 학교의 교실이었다.

샬롯은 자기 자리에 앉아 있었다.

조금 전까지 동물 잠옷을 입고 있었는데, 교복으로 바뀌어 있다.

그러나 다른 학생은 없다.

샬롯 혼자뿐인, 고요한 교실이다.

그리고 불쑥.

문이 열리고 대현자가 들어왔다.

"안녕, 여러분~. 학장님의 특별 수업 시간이야~."

그런 말을 하며 교단에 섰다.

"그럼~ 먼저 출석을 부를게. 샬롯 가자드."

"……네."

일단 하는 대로 맞춰주기로 하고 대답했다.

"응, 모두 있네. 지각생이 없다니, 우수한 반이네."

"학장님! 저밖에 없으니까 당연해요!"

"우후후. 미안미안. 그래도 지금부터 『반사 마법 수업』을 할 거고, 여기는 교실이니까, 형식은 중요하잖아?"

"그런 거예요?"

"그리고. 나는 교단에 서지 않잖아? 그래서 출석을 불러 보고 싶었어."

"네에…… 뭐, 좋아요. 그런 거라면 형식뿐만이 아니라, 제대로 수업해주세요!"

"물론이야. 단, 그전에. 마지막으로 확인할게. 로라도 아니고, 에밀리아도 아니고, 나한테 가르쳐달라고 하는 건, 싱거운 게 아니라 혹독한 걸 바라는 거지?"

대현자는 미소를 띠고 물어왔다.

그것을 본 샬롯은 무섭다고 생각했다.

평소의 그녀는 정말로 다정하고 태평한 사람이지만, 특히 『싸움』, 『파워』 같은 것이 얽히면 갑자기 다른 사람 같은 얼굴을 보인다.

평소와 다름없는 미소인데, 어딘가 다르다.

타협을 용납지 않는 엄격함이 어른거린다.

반대로 에밀리아는 평소에는 엄하지만, 여차하면 무른 구석이 나온다.

제대로 된 수업을 받는다면 에밀리아지만, 샬롯이 원하는 것은 제대로 된 것이 아니다.

"……네. 물론이에요. 학장님. 조금도 망설이실 거 없어요!"

"좋아. 뭐, 샬롯을 상대로 어리석은 질문이었어. 그럼, 시작할게. 지금부터 너한테 공격 마법을 쏠게. 반사해."

순간, 대현자의 손끝이 빛나고, 샬롯의 오른쪽 어깨를 빛의 화살이 꿰뚫었다.

"윽!"

샬롯은 고통에 신음하며 어깨를 눌렀다.

그러나 이미 상처는 아물어 있었다.

무려 대현자는 공격과 동시에 회복 마법도 쐈던 거다.

"어머, 어떻게 된 거야? 샬롯. 전혀 반응하지 못하잖아. 미리 쏜다고 알려줬으니까, 반사는 못해도 반응 정도는 해줘."

대현자는 미소를 띤 채 담담히 말했다.

말로 요령을 설명하지도 않고, 느닷없이 실전이다.

말로 듣고 머리로 이해하는 것보다, 피부로 느끼고 몸으로 깨치라는 주의.

그렇지 않으면 진검 승부의 장에서 쓸모가 없다— 아아, 샬롯도 잘 알았다.

그렇지만, 쏜다고 말한 다음 일 초도 되지 않아 쏘는 것은 무섭다.

이쪽의 마음의 준비 따윈 상관하지 않는다.

……아니. 아니다.

대현자는 먼저 샬롯의 각오를 물었다.

거기에 끄덕인 순간, 수업은 시작됐던 거다.

거기서 더욱 「쏜다」라고 말해줬으니, 지나치다 싶게 무르다.

그런데도 샬롯은 아무것도 하지 못했다.

아직 혹독하게 할 가치가 없다고 들은 듯한 기분이 들었다.

"분해? 샬롯. 분하면 분발해."

"마음이 도려내지는 것 같아요……."

"그야 혹독하게 해달라고 했잖아. 적당히 봐주는 게 샬롯한테는 가장 마음이 괴롭잖아?"

"설마 그런 혹독함으로 나오실 줄은 몰랐어요!"

또 대현자의 손가락이 빛났다.

이번에야말로 반사해 보이기 위해 샬롯은 마력 장벽을 쳤다.

그러나 빛의 화살은 그것을 그대로 지나쳐 허벅지를 꿰뚫었다.

"크……."

"이번엔 보인 것 같지만, 그렇게 간단히는 되지 않아. 반복 연습은 모든 것의 기본이야. 잠시 계속할게."

"바라던 바예요!"

그렇게 약 한 시간을 계속하자, 샬롯은 일어설 수 없을 정도로 피폐해졌다.

상처는 공격받자마자 나았다.

그러나 계속되는 극심한 통증으로 기력이 닳아버렸다.

"일단 휴식할게, 샬롯."

"아, 아니에요…… 아직 할 수 있어요……."

기력을 잃어가면서도, 샬롯은 일어서려고 발버둥 쳤다.

"됐으니까 쉬어. 이론 수업을 하자. 반사의 마법이란 뭔지."

결국, 말로 설명하는 거냐!

샬롯은 그렇게 쏘아붙이고 싶었지만, 얌전히 듣기로 했다.

“효과로서는 단순해. 적이 쏜 마법을 반사해서, 가능하면 적에게 맞힌다. 이걸 성공하면, 적의 마력으로 적을 공격할 수 있어. 최소의 노력으로 최대의 효과를 누리는 거지. 근데 이게 아주 어려워. 왜일까?”

“……큰 마력을 반사하기 위해서는 거기에 상응한 큰 마력이 필요하니…… 까요?”

“으음, 틀렸어. 분명 퍼니셔의 광선을 반사하는 데는 엄청난 마력이 필요했어. 하지만 반사하는 데 필요한 마력은 광선의 3할 이하였어. 그리고 내가 조금 전까지 쐈던 빛의 화살에 담긴 마력은 미미해. 그것의 3할 정도. 샬롯이라면 여유롭게 쏠 수 있어.”

“다시 말해서, 저에게 부족한 건 기술적인 문제라는 거군요?”

“그래. 그럼 어떤 기술이 필요하냐. 그건 상대가 쏜 마법을 정확히 판별하는 거야. 어떤 속성인지. 확산형인지 집중형인지. 단순히 곧장 날아가는 것뿐인지, 추미식(追尾式)인지. 담긴 마력량은? 파장은? 그런 걸 전부 파악하고, 역위상(逆位相)의 마력을 충돌시키는 거. 이게 반사 마법이야.”

“……그렇게 세세한 분석을 찰나의 순간에 하는 거예요?”

“그래. 그렇다고 해도 맞은 뒤에는 늦으니까 맞기 전에. 상대가 마력을 집중하고 마법을 쏘려는 단계에서 대강적인 걸 읽어낼 수 있어야 해. 이것만은 수없이 반복해서 연습하는 수밖에 없어. 샬롯은 알려주지 않았는데 아까부터 내 마력의 흐름을 눈으로 쫓고 있었지?"

"왠지 모르게, 그러는 게 잘될 것 같았어요."

"네가 하려고 한 건 정답이야. 남은 건 능숙해지는 것뿐이야."

"꽤 어려워요…… 겨울 방학 때 딱 한 번 성공했는데……."

"어머? 우연이라고는 해도 굉장한데?"

대현자는 눈을 동그랗게 뜨고 감탄했다.

"로라가 던진 눈덩이를 반사했어요. 역시, 저는 천재예요!"

"눈덩이를 반사? 그건 이상하네. 비행 마법으로 눈덩이를 날린 거면 거기에 간섭해서 반사할 수도 있지만, 그냥 던진 것뿐이잖아? 원리적으로 반사할 수 없어."

"그, 그렇게 말씀하셔도, 실제로 반사한걸요!"

"뭔가 착각한 거 아냐? 샬롯의 이마에 맞고 튕겨 나갔다거나……."

"아니에요! 분명히 몸에 닿기 전에 반사했어요!"

대현자가 좀처럼 믿어주지 않기에 샬롯은 울먹이면서 호소했다.

그러자 대현자는 「으음」 하고 턱에 손을 대고 신음했다.

"샬롯의 이상한 오리지널 마법, 이름이 뭐였더라? 차원 창고를 어중간하게 열어서 공간을 뒤틀어 공격을 피하는 그거."

"이상하다고 말하지 마세요! 고저스 샬롯에 의한 화려한 디멘션 베리어! 줄여서 디멘션 베리어예요!"

"줄여도 길구나…… 그래서, 그 디 어쩌고 베리어, 무의식중에 쓰지 않았어?"

"그런 일은 없어…… 요?"

샬롯은 단언해줄 참이었지만, 말하는 도중에 목소리가 작아지고 말았다.

"자신 없어 보이네."

어쨌든 디멘션 베리어는 샬롯의 필살기다.

공간을 뒤트는 것으로 원리상 어떠한 공격도 피할 수 있다.

디멘션 베리어를 부수기 위해서는 마찬가지로 공간에 간섭하는 마법을 써야 하는 강력한 방어 기술이다.

방어 기술이라서 실제로는 적을 반드시 죽일 수는 없지만, 멋있어서 필살기라고 불렀다.

어쨌든 좋아하는 기술이었다.

그래서 샬롯은 이 기술을 마구 연습했다.

전투 중에 어디선가 기습이 날아와도 발동할 수 있도록.

그래서 날아온 눈덩이를 피하기 위해 무의식중에 디멘션 베리어를 써버렸을 가능성도 생각할 수 있다.

그러나.

"디멘션 베리어는 어디까지나 공격을 피하는 것뿐이에요. 반사는 할 수 없어요."

"그건 보통의 디 어쩌고 베리어일 때잖아? 하지만 그때 샬롯은 『반사하고 싶어, 반사하고 싶어』라고 강하게 바라고 있었을 거야. 생각은 마법에 작용하니까. 어쩌면, 그래서 평소보다 공간을 더 뒤틀어서, 피하는 게 아니라 반사해버린 거 아닐까?"

"디멘션 베리어로 반사…… 그런 일이 있을 수 있나요……?"

"글쎄…… 애초에 디멘션 베리어 자체가 우발적으로 태어난 마법이니까. 그런 일도 있을지도 모르지. 샬롯은 의외성만으로 보면 로라와도 맞먹으니까."

"제가 로라에 필적……? 후후후…… 역시 샬롯 가자드는 천재인 거네요!"

"어머, 씩씩해졌네. 그래, 너는 천재야. 마법 적성치 따윈 기준이야. 자, 다시 연습할까."

샬롯은 일어났다.

이미 통증으로 인한 피로는 사라져 있었다.

대현자의 공격은 여전히 직격해왔다.

끝내는 심장을 꿰뚫려 죽고 말았다.

그러나 그 자리에서 부활했다.

"언제든지 덤비세요!"

"……샬롯, 아프지 않아?"

"아파요. 죽는 줄 알았어요! 하지만 멈춰 서 있을 수는 없어요!"

"청춘이네. 너를 상대하고 있으면 그 기운을 나눠 받을 수 있을 것 같아. 간다!"

이렇게 샬롯과 대현자의 수련은 아침이 될 때까지 이어졌다.

눈을 떴을 때, 샬롯은 엄청난 피로감에 휩싸였다.

그대로 다시 잠들고 싶었지만, 로라가 억지로 교복을 입혀 교실까지 질질 끌고 갔다.

"이노오옴, 샬로오오옷! 일어나아아아! 내 수업이 그렇게 지루하다는 거냐아아아!"

수업 중에 에밀리아의 성난 목소리가 들려왔지만, 밤에 대현자의 수업을 들었다. 낮 정도는 쉬게 해줬으면 한다.

※

2월 2일.

샬롯의 생일이 찾아왔다.

수업이 끝난 후, 로라 일행은 샬롯의 집으로 향했다.

"저까지 초대해주시고, 감사합니다!"

미사키가 길을 걸으면서 꼬리를 실룩거렸다.

"미사키는 소중한 친구예요. 초대하는 건 당연해요. 오히려 와주셔서 감사해요!"

그리고 중간에 란정에 들러, 란과 니나와도 합류했다.

"언제나의 차이나 드레스라서 실례되는 거 아니냐해?"

"문제없어요. 오히려 귀여운 의상에 어머니가 크게 기뻐하실 거예요!"

"부잣집은 처음이야…… 긴장돼……."

"긴장할 만큼은 아니에요. 왕궁이 더 크니까요."

"왕궁은 너무 커서 참고가 안 돼……."

니나는 딱딱하게 굳어서 란정 앞에서 꼼짝 못 하고 있었다.

그래서 로라와 안나가 옆구리를 살살 간지럽혔더니, 「무슨 짓이야!」 하고 긴장을 풀었다. 다행이다, 다행이다.

그렇게 샬롯의 집으로 갔더니, 두 하녀가 맞아주었다.

"어서 오세요, 샬롯 아가씨."

"친구분들도 잘 오셨어요."

전에 왔을 때 로라는 하녀를 만나지 못했지만, 두 명이 일한다는 것은 샬롯에게서 들었다.

"키가 작은 쪽이 메이. 큰 쪽이 시안이에요."

샬롯이 그녀들을 소개해주었다.

로라 일행은 꾸벅 인사하고 자기소개를 했다.

그러나 두 사람 모두 자신들에 대해서 전부터 샬롯에게 들었는지 잘 아는 반응이었다.

"샬롯 아가씨처럼 성가신 분과 친구가 되어주셔서, 정말 감사합니다."

메이가 무뚝뚝한 말투로 그렇게 말했다.

"여러 가지로 시끄러운 소리를 하겠지만, 그럴 때는 시원하게 무시하셔도 돼요. 샬롯 아가씨가 하는 말을 일일이 상대하고 있다가는, 그것만으로도 날이 저물어버리니까요."

시안이 정중한 말투로 그렇게 말했다.

둘 다 말투가 다를 뿐, 샬롯을 낮추고 있는 것은 마찬가지다.

하녀는 이런 거였나, 하고 로라 일행은 의아해했다.

어쨌든 모두 부자가 아니기 때문이다.

하녀라는 존재에 익숙하지 않다.

그러나 왕궁에 있던 하녀는 좀 더 여왕을 존경했던 것 같은데…….

"메이! 시안! 가족 앞에서라면 몰라도, 친구들 앞에서 그런 말은 하지 마세요!"

샬롯은 눈을 치뜨고 발끈 성을 냈다.

그러자 두 하녀는 표정을 풀고 샬롯의 머리를 쓸어 올렸다.

"농담이에요. 샬롯 아가씨가 성가신 건 사실이지만, 그 성가심이 절묘하게 귀여워요."

메이가 무뚝뚝하게 말했다.

"맞아요. 샬롯 아가씨는 성가신 캐릭터로서의 지위를 확립했어요. 눈에 넣어도 아프지 않을 만큼 성가신 귀여움이에요. 친구분들도 그걸 아니까 친구를 해주시는 거겠죠. 그렇지 않으면, 샬롯 아가씨의 폭주에 손을 들었을 거예요."

시안이 정중히 말했다.

"아무리 저라도 칭찬받는 기분이 들지 않아요! 두 사람이 저를 좋아하는지 싫어하는지 모르겠어요!"

""물론 좋아해요.""

"그, 그래요……? 그럼 됐어요…… 우후후. 역시 저의 고저스함은 누구도 거부할 수 없어요!"

샬롯은 금방 기분이 좋아져서 고저스가 어쩌고 했다.

흠. 이건 확실히 성가시게 귀엽다.

그리고 현관문을 열자, 종이 폭죽 두 개가 동시에 터졌다.

샬롯의 엄마 크리스티나와 아빠 아서다.

"샬로! 생일, 축하합니다!"

크리스티나는 키도 체형도 생김새도 샬롯과 판박이다. 나란히 서면 쌍둥이로밖에 보이지 않는다. 단, 안경을 쓰고 있어서 그것으로 구별이 가능하다.

그리고 닮은 것은 외모뿐만 아니라, 귀여운 성가심도다.

다다거리면서 종이 폭죽을 연속으로 터뜨리고 있다.

“샬롯도 드디어 열다섯 살이라. 앞으로는 차분한 숙녀다운 행동을 몸에 익히는 거다.”

“어머, 아버지. 저는 이미 어디에 내놔도 부끄럽지 않은 숙녀예요!”

“그, 그러냐……? 음. 분명, 더없이 아름답게 자란 자랑스러운 우리 딸이다. 이제 폭주하는 버릇만 고치면 완벽해.”

“그렇습니다. 샬로는 폭주하는 게 옥에 티입니다.”

“어머니한테만은 그런 말 듣고 싶지 않아요!”

뒤에서 듣고 있던 로라도 그렇겠지 하고 끄덕였다.

로라 일행은 집 안으로 들어가, 초대받은 것에 대해 감사함을 전했다.

크리스티나는 「로라~~ 하쿠~~ 안나~~」 하며 들뜬 분위기다.

“처음 뵙겠다해. 란정의 주인 **라란**이다해. 초대해줘서 감사하다해.”

“처, 처음 뵙겠습니다, 니나입니다…… 샬롯한테는 늘 신세 지고 있습니다.”

란은 그렇다 치고, 니나는 너무 긴장해서 목소리까지 굳었다. 그나저나, 도대체 언제 니나가 샬롯에게 신세를 졌다는 걸까.

오히려 샬롯이 란정에서 오줌을 쌀 뻔하거나 하면서 민폐를 끼치는 쪽일 텐데…….

“어머, 너무 귀여운 옷입니다! 그 란정에는 한 번 가보고 싶었지만, 좀처럼 기회가 없었습니다.”

“꽉 와주시라해. 아! 샬롯에게 란정에서 『라멘 무료 티켓』을 열 장 선물하겠다해. 이걸로 가족끼리 오시라해.”

“어머, 란, 니나. 멋진 선물 고마워요. 조만간 쓸게요~~.”

그리고 미사키가 귀와 꼬리를 흔들면서 머리를 꾸벅 숙였다.

“학교 식당에서 일하고 있는 미사키입니다. 샬롯 씨에게는 언제나 함께 놀아달라고 하고 있습니다.”

“어머, 당신이 수인 미사키 씨군요! 샬로가 말했던 대로 복슬복슬합니다!”

“마, 만지면 안 됩니다!”

눈을 반짝거리는 크리스티나를 피하기 위해 미사키는 로라의 뒤로 숨었다.

그렇게 화기애애한 분위기 속에 생일 파티는 시작됐다.

유명한 과자점에서 만들었다는 특대 케이크와 크리스티나가 구웠다는 로스트 치킨. 두 하녀가 만든 다양한 요리.

역시 부잣집이라는 느낌으로 화려하면서도, 왕궁만큼 요란하지 않은 딱 좋은 파티다.

어른이라면 여기서 샴페인을 마시겠지만, 주인공인 샬롯이 아이라서 평범한 사이다로 건배했다.

“샬롯. 약속대로 직접 뜬 모자예요. 열심히 만들었어요!”

“나도 약속한 장갑. 두 번째라서 잘 만들어졌어.”

"로라, 안나…… 고마워요. 감동이에요. 바로 해볼게요!"
"어울려요, 샬롯. 특히 제가 뜬 모자가 멋지네요오."
"멋쟁이 지수가 올랐어. 백 점이야."
"로라는 모자 뜨는 법을 누구한테 배운 거예요?"
"샬롯과 안나가 저번에 학장님께 배웠다고 해서, 저도 그러려고 했지만…… 학장님은 언제 부탁하러 가도 낮잠만 주무시고 계셔서, 엄마한테 배웠어요."
"그것 때문에 집까지 갔던 거예요? 감동이에요. 고마워요!"
"뭐, 날아가면 금방이니까요."
로라의 집까지는 원래는 마차로 하루가 걸릴 정도로 멀다.
그러나 속도를 무시한 비행 소녀인 로라에게 그런 것은 상관없다.
"샬롯 씨. 저는…… 샬롯 씨가 전부터 갖고 싶어 했던…… 이것을 드리겠습니다……!"
미사키는 어쩐지 비통한 각오를 숨긴 얼굴로 종이 한 장을 내밀었다.
거기에는 『귀와 꼬리 만지기 10분 티켓』이라고 손 글씨로 적혀 있었다.
"아아~~ 미사키, 드디어 각오를 굳혔군요! 그럼, 바로 이 자리에서 쓸게요……."
"자, 잠깐! 유효 기한을 잘 보세요. 기한은 내일부터입니다. 오늘은 안 됩니다.”

“어머, 그랬나요…… 그럼 내일 쓸게요오.”

“우우…… 마음의 준비가 힘듭니다. 만에 하나 말해두지만, 그 티켓은 한 번 쓰면 끝입니다. 여러 번은 쓸 수 없습니다!”

“알고 있어요~~.”

“미사키. 그 티켓, 다음 제 생일에 주세요!”

“내 생일에도.”

“로라에몬 씨와 안나 씨도 갖고 싶습니까……? 알겠습니다. 단, 한 장씩입니다!”

“앗싸!”

“역시 미사키야.”

로라와 안나는 크게 기뻐했다.

다만, 그 티켓이 없어도 비교적 자주 만지고는 있지만.

아무래도 미사키는 그런 사실에는 머리가 돌아가지 않았는지, 생일에 한 장만 주면 일 년에 한 번만 당한다고 생각하는 얼굴이다.

“삐—.”

“아? 하쿠도 뭔가 선물하는 거예요?”

“삐이.”

로라의 머리 위에서 날아오른 하쿠는 방 안을 날아다니면서 공중제비를 넘었다 뱅글뱅글 돌았다 하며 곡예비행을 펼쳤다.

"삐삐—!"

그리고 마지막에 샬롯의 품에 뛰어들어, 「생일 축하해」라는 듯이 울었다.

"어머, 하쿠도 참. 이렇게 멋진 춤을 춰주다니, 고마워요. 서프라이즈였어요~!"

"삐이."

하쿠는 만족스레 꼬리를 흔들며 로라의 머리로 돌아왔다.

그 후 두 하녀가 아름다운 하모니로 생일을 축가하는 노래를 불렀다.

아빠 아서는 새 옷을, 엄마 크리스티나는 근사한 유리병에 담긴 향수를 선물했다.

시곗바늘은 쉼 없이 달려, 어느새 요리가 비워지고, 즐거운 생일 파티는 끝나고 말았다.

"자고 가지 않는 것입니까?"

"어머니, 내일도 수업이 있어요. 게다가 이 인원이면 아무래도 잘 곳이 없어요."

그렇게 해서 저마다 귀로에 올랐다.

기숙사로 돌아온 로라 일행은 대중탕에서 땀을 씻고 이를 닦았다.

그리고—.

"그럼, 잘까요."

"네. 로라…… 잘 부탁해요."

로라와 샬롯은 평소와 마찬가지로 침대에 나란히 누웠다.

그러나 평소와 다른 점이 하나 있었다.

두 사람 모두 대현자에게 빌린 『클라우드 꿈 베개』를 머리 밑에 놓고 있었다.

어제까지는 샬롯만 그것을 썼다. 꿈의 세계에서 무엇을 하는지 로라가 아무리 물어도 알려주지 않았지만…… 오늘, 그 성과를 볼 수 있다.

"후후후. 새로 태어난 저의 힘을 보여드리겠어요."

"기대돼요. 과연 그게 저에게 통할까요…… 후후후."

로라와 샬롯은 겁 없이 웃으며 누가 악당처럼 될 수 있는지 경쟁했다. 이윽고 웃다 지쳐 「쿠울」 하고 동시에 잠들었다.

제 6 장 결전의 때

그곳은 왕립 길드레아 모험가 학교의 투기장이었다.

1학기 말에 치러진『교내 토너먼트』의 무대가 됐던 장소다.

로라는 그때와 같은 하복을 입고, 링 위에 서 있었다.

맞은편에는 샬롯이 서 있다. 역시 하복이다.

기시감을 느꼈다.

샬롯은 언제나 로라와 경쟁했지만, 이렇게 새삼 생각해보니 로라와 샬롯이 일대일 결투를 벌인 것은 토너먼트 결승 한 번뿐이다.

그때를 재현하고 싶은 모양이다.

"로라, 투기장에 온 걸 환영해요. 저와 로라가 싸우는 거니까, 나름대로 분위기 있는 장소가 좋겠다 싶어서 클라우드 꿈 베개를 조정했어요."

"그렇군요. 이의는 없어요. 지금부터 싸우는 거야, 라는 기분이 드니까요."

"삐—."

"하쿠도 그렇게 생각해요……? 앗, 왜 하쿠가 여기에 있어요?"

"삐이?"

로라의 머리 위에는 언제나처럼 하쿠가 앉아 있었다.

"아마도, 자기 침대에서 빠져나와 클라우드 꿈 베개 위에서 잔 모양이에요오."

"우우…… 일대일로 하기로 약속했으니까, 하쿠는 참가하면 안 돼요."

로라는 하쿠를 내려놓고, 얼굴을 쳐다보면서 타일렀다.

"삐—."

알아들은 건지 못 알아들은 건지 모호한 대답이다.

그때, 객석에서 목소리가 들려왔다.

"하쿠는 우리가 맡고 있을 테니까, 너희는 싸움에 집중해."

"하쿠. 이리 와."

고개를 돌려 보자, 대현자와 안나가 나란히 앉아 있었다.

이 넓은 투기장에 관객은 이 둘뿐이다.

교내 토너먼트와의 가장 큰 차이점이다.

"삐."

하쿠는 짧게 울고는, 안나의 머리 위로 날아갔다.

"자. 이제 전투 준비는 끝났어요."

"네. 그런데, 이건 어떤 명목의 싸움이에요? 어떤 상황인 거예요?"

전에 싸웠을 때는 토너먼트 결승이라는 더할 나위 없이 훌륭한 이유가 있었다.

또, 샬롯과 안나가 클라우드 꿈 베개를 이용해서 결투했을 때는 나쁜 마법사에게 유괴당한 로라 공주를 정의의 검사 안나가 구하러 간다는 설정이 있었다.

그럼, 오늘은?

"명목 같은 건 없어요."

샬롯은 당연한 것처럼 말했다.

"제가 싸우고 싶어져서 도전했다. 로라는 그걸 받아들였다. 그 이상 뭐가 필요하죠? 우리는 절친이에요. 싸움도 한 적 없고, 서로 으르렁거리는 건 당치 않아요. 싸울 이유 따윈 없어요. 없는 이유는, 아무리 생각해봤자 생기지 않아요."

정말 이상한 이야기였다.

이유가 없으면 싸움은 발생하지 않는다.

그런데 싸우려 하고 있다.

말이 되지 않는다.

그러나 로라는 생일 파티가 끝난 후 결투하자는 샬롯의 제안을 당연한 것처럼 받아들였다.

이유는 필요 없다.

굳이 말하자면, 비교하고 싶어지는 거다.

강한 녀석이 둘 있으면, 누가 더 강한지 비교하고 싶어지고 만다.

예를 들면, 베헤모스와 리바이어던은 누가 더 강할까.

브루노와 도라는 누가 더 강할까.

대현자와 아르피나는?

마신과 퍼니셔라면?

한가할 때는 그만 생각하고 만다.

그리고.

매일 밤, 클라우드 꿈 베개를 이용해 어떤 수련을 했던 샬롯과 지금의 자신이 싸우면?

비교하고 싶다. 확인하고 싶다.

그게 이유다.

따지자면— 싸우고 싶어서 싸운다.

"학장님. 시작 신호를 부탁드려요."

"알았어. 규칙은 없어. 시간제한도, 장소 제한도 없어. 마지막까지 살아남은 사람이 승자야. 알겠지? 그럼…… 시작!"

순간.

로라와 샬롯이 쏜 빛의 화살이 격돌하고, 그 여파로 링이 날아갔다.

1학기의 결승전도 처음에 링이 소멸하는 것부터 시작됐다.

짠 것도 아닌데 똑같은 시작이다.

다만, 그때는 두 사람의 빛의 화살이 완전히 호각이었다. 서로를 무로 돌렸었다.

그러나 이번에는 다르다.

로라의 빛의 화살이 압도적으로 강하고, 위력을 거의 유지한 채 샬롯을 향해 쇄도했다.

교내 토너먼트 때의 샬롯은 가자드 가문에 전해지는 『아비스의 문』이라는 장소에 틀어박혀, 몸에 오는 막대한 부담과 맞바꿔 실력 이상의 마력을 손에 넣었다.

요컨대 일시적인 도핑 같은 거다.

그것이 없어져, 샬롯의 마력은 본래의 상태로 돌아와버렸다.

물론 1학기에 비해서 샬롯은 몇 배나 성장했다.

그러나 도핑 없이는 로라와 정면으로 경쟁하는 것은 불가능하다.

한편, 로라의 마력도 당연히 성장했다.

샬롯만큼 혹독한 수련을 한 것은 아니라서 몇 배의 성장까지는 아니지만, 그래도 1학기에 비하면 2할이나 3할은 늘었다.

다시 말해, 마력량만 놓고 보면 이전의 싸움보다 로라는 강해졌고 샬롯은 약해졌다.

엄밀히 말하면 승부가 성립하지 않을 정도의 차이가 존재했다.

그럼에도 불구하고, 샬롯은 도전을 걸어왔다.

이유 따위 없다고는 말하지만, 그럼에도 승산이 만분의 일이라도 있으니 도전했을 터다.

그것이 무엇인지, 로라는 보고 싶었다.

샬롯은 일상에서도 전투에서도 언제나 두근거림을 안겨준다.
같이 있으면 질리지 않는다. 즐겁다. 계속 웃을 수 있다.
로라는 샬롯이 좋았다.
그래서 보여주었으면 했다.
직격하면 그 순간 결말이 나버릴 빛의 화살을 어떻게 극복할지, 자!
그렇게.
로라가 기대를 가득 안고 보고 있자니, 샬롯 앞쪽의 공간이 휙 하고 뒤틀린 것처럼 보였다.
차원 창고를 응용한, 디멘션 베리어다.
분명, 공간을 뒤틀어 공격을 피하면 위력 따위와는 상관없이 극복할 수 있다.
그러나 로라는 순순히 디멘션 베리어를 쓰게 해줄 생각은 없었다.
차원 창고를 응용한 기술이라면, 차원 창고와 같은 방법으로 발동을 멈출 수 있을 터다.
그렇게 생각한 로라는 디멘션 베리어에 간섭하려 했지만, 튕겼다.
"……!"
차원 창고를 닮았지만, 차원 창고와는 크게 다르다. 같은 마법인 줄 알고 무로 돌리려 한 로라는 스스로의 얕음을 깨달았다.
그나저나, 이렇게 찬찬히 관찰하자니 정말 복잡한 술식이다.

원래 디멘션 베리어는 샬롯이 차원 창고를 열려다가 실패한 결과 탄생한 그녀의 오리지널 마법이다.

그때 실패해서 어중간하게 열린 차원 창고에 샬롯의 손목이 푹 빠져 꿈쩍도 하지 않는 바람에 야단이 났던 적이 있다.

그때 낀 손목은 로라의 기술로는 어떻게 할 수 없어서, 일부러 대현자를 불러와 차원 창고의 구멍을 넓혀달라고 했다. 덕분에 손목이 빠진 샬롯은 오줌을 싸기 전에 화장실로 뛰어갈 수 있었다.

그 소동을 참고로 상정했어야 했다.

로라의 기술로는 샬롯의 디멘션 베리어에는 간섭할 수 없다.

샬롯이 그것을 사용하는 순간, 로라의 공격은 모두 빗나가고 만다—.

아니. 빗나가는 것은 물론이거니와.

"되돌아왔어?!"

빛의 화살은 빗나가서 어딘가 다른 방향으로 날아갈 줄 알았더니, 무려 로라를 향해 되돌아오는 것이 아닌가.

완전히 반사의 마법이다.

그러나 명백히 술식이 달랐다.

겨울 방학 때 눈덩이를 반사하는 연습을 했을 때는, 수상하긴 해도 반사의 술식이었는데.

아니, 하지만. 그때 딱 한 번 성공했을 때는 다른 마법의 술식이 섞여 있었던 것 같은 기분이 들었다.

깊이 생각하지 않았지만, 지금 생각하면 그것은 디멘션 베리어의 술식이었을지도 모른다.

로라는 빛의 화살을 방어 결계로 막았다.

자신의 마법인 만큼 상당한 위력이었다.

"그때 눈덩이를 튕긴 건, 반사의 마법이 우연히 성공한 게 아니라…… 디멘션 베리어였군요!"

"네, 아무래도 그런 것 같아요. 어느 쪽이든 우연인 건 변함없지만요. 하지만…… 후후, 로라. 이 마법의 무서움을 눈치챘나요?"

"네, 물론이에요."

로라는 그렇게 짧게 대답하면서, 속으로 갈채를 보냈다.

오리지널 『반사의 마법』은 상대의 마력을 이용해서 공격한다고는 해도, 실제로는 자신의 마력도 상당히 소비한다.

그 양은 대략 상대가 쓴 공격 마법의 3할 정도다. 그 정도를 쓰지 않으면, 간섭해서 반사할 수 없다.

반면, 샬롯의 『공간을 뒤트는 반사』는 원리가 근본적으로 달라서, 상대의 공격 마법이 아무리 강력해도 자신이 소비하는 마력량은 일정하다. 어쨌든 상대의 마법 자체에 간섭하는 것이 아니므로.

"하지만 샬롯. 그럼에도 디멘션 베리어는 완벽한 기술이 아니에요. 그건 안나가 증명했어요."

디멘션 베리어가 아무리 공간을 뒤트는 절대 방어술이라고 해도, 그것을 발동시키는 샬롯은 인간이다. 절대적인 것과는 거리가 멀다.

공격이 날아온 것을 알지 못하면, 왜곡도 반사도 할 수 없다.

과거 안나는 압도적 공격 횟수로 샬롯의 동체 시력을 뛰어넘어 대결을 무승부로 끌고 갔다.

그것은 정말로 멋진 싸움이었다. 두 사람이 튀기는 불꽃은 너무나도 아름다워서 로라의 눈에 새겨졌다.

그렇기에 공략법 역시 새겨졌다.

횟수.

샬롯의 동체 시력으로는 쫓을 수 없고, 샬롯의 반사 신경으로는 대응할 수 없을 정도의 압도적 물량.

안나는 그것을 실현하기 위해 자신의 몸이 자멸할 정도의 위험을 무릅쓰고 질주했다.

"제 공격, 샬롯은 어디까지 대응할 수 있어요?!"

로라는 다시 빛의 화살을 꺼냈다.

한두 개가 아니다.

3천 개다.

그것을 샬롯의 주변에 돔형으로 배치해 에워쌌다.

쥐가 빠져나갈 틈도 없다.

발사. 단, 모두 동시에가 아니라 시간차를 두고서.

만약 동시 발사라면, 샤롯은 공격이 닿는 한순간만 노리고, 전신을 디멘션 베리어로 감싸면 된다.

그러나 이렇게 완급을 줘서 공격함으로써 샤롯은 빛의 화실이 마지막 한 발이 될 때까지 긴장을 늦출 수 없다.

이번에는 오른쪽일까 왼쪽일까, 앞일까 뒤일까. 아니, 모든 방향에서일까. 그러나 쏜 화살은 아직 2백 개. 아직 1800개나 남았다.

허벅지를 노리고 심장을 노리고 뒤통수를 노리고, 오른쪽 어깨와 왼쪽 어깨를 동시에 노리고, 척추를 따라서 노리고. 이번에는 다시 온몸에 쐈다.

그렇게 로라는 3천 개의 화살을 충분히 10초나 써서 공격했다.

10초.

일상생활에서는 짧은 시간이다.

그러나 로라 일행은 초음속으로 싸우는 것이 당연해져 있다. 그중 10초는 정신이 아득해질 만큼 긴 시간이다.

과연 샤롯에게는 10초씩이나 온몸 구석구석까지 디멘션 베리어를 유지할 수 있을 만한 마력이 있을까.

그것도 통상형이 아니라 반사형을.

힘들다.

그래서 몸의 어느 지점에 빛의 화살이 날아올지 파악하고, 그 부분만 집중적으로 보호하는 기술이 필요하다.

안나는 쌍검의 연속 공격으로 그 틈을 찔렀다.

그렇다면, 로라의 공격은—.

"……놀랐어요. 설마 3천 발을 전부 반사하다니. 감탄했어요."

그렇다. 샬롯은 10초 동안 집중력을 잃지 않고 완벽히 로라의 맹공격을 버텨냈다.

전신에 디멘션 베리어를 계속 두르고 있는 힘 기술이 아니다.

한 발, 한 발을 판별하고, 제대로 마력을 절약해서 버텨냈다.

그렇기에 로라는 진심으로 박수를 보냈다.

무시무시한 기술력이다.

반사된 빛의 화살은 사방팔방으로 날아가 투기장을 철저히 파괴했다.

대현자와 안나는 스스로와 하쿠를 지켜 무사했다.

그 두 사람의 주위만 도려내진 것처럼 피해가 적고 그 이외는 산산이 부서졌다.

근사했던 투기장은 그저 파편 더미로 변했다. 그뿐 아니라 피해는 교사와 근처의 민가에까지 미쳐 있다.

이곳이 꿈의 세계가 아니었다면, 몇 명을 휘말리게 했을까.

3천 개의 화살은 결코 물량뿐인 기술이 아니었다.

공격력도 이 정도였다.

그럼에도 지금의 샬롯에게는 통하지 않았다.

로라는 등에 차가운 땀이 흐르는 것을 느꼈다.

"로라, 고작 이 정도로 놀라면 곤란해요. 제가 보름 동안 대체 누구와 수련했다고 생각하는 거예요? 학장님이에요. 천하의 대현자, 칼로테 길드레아의 공격에 밤새도록 내몰리면서 다치고 죽고, 그래도 다시 살아나서 또 죽고. 그런 밤을 저는 보름을 보냈어요. 네, 분명 로라는 강해요. 거기에 이의를 제기할 사람은 없겠죠. 하지만…… 학장님 이상은 아니지 않나요?"

샬롯은 웃었다.

그것은 자신감의 미소다.

그것은 여유의 미소다.

그것은 잔학함을 즐기는 미소다.

인정할 수밖에 없다.

이 순간, 이 싸움에서, 샬롯은 우위에 서 있다.

로라는 놀라고 분했다. 그 감정들을 곱씹은 뒤 자신의 뺨을 때렸다.

그리고 깊은 숨을 토했다.

"후우우우…… 샬롯, 미안해요. 저는 진지한 듯 진지하지 않았어요. 우쭐했어요. 어찌어찌해서, 샬롯은 마음만 먹으면 순식간에 쓰러뜨릴 수 있다고 생각했어요. 미안해요. 이제야 의식이 현실을 따라잡았어요. 그러니까…… 지금부터 진짜 날려버릴게요."

"무리도 아니에요. 저는 한심했으니까요. 퍼니셔와의 싸움에서 아무것도 하지 못했어요. 그렇게 약한 저를 보여 놓고서, 처음부터 진정한 로라와 싸울 수 있다고는 생각하지 않았어요. 하지만 알아줘서 기뻐요. 자, 좀 더 서로를 알아가요, 로라."

"네! 샬롯이 해온 수련이 어떤 것이었는지 좀 더 가르쳐주세요!"

로라는 차원 창고의 문을 열고, 그 안에 샬롯을 삼키려 했다.

그러나 반사형 디멘션 베리어와 묘하게 서로 간섭해, 공간이 삐걱거렸다.

칠판을 긁은 듯한 소음이 울려 퍼진 직후, 폭발이 일었다.

그 폭발에 휘말린다 해도 로라는 상처 하나 입지 않지만, 불꽃이 시야를 가리는 것이 싫어 공중으로 피했다.

마찬가지로 샬롯도 공중으로 올라왔다.

공중전이다.

"서로, 전에 비하면 비행 마법이 상당히 부드러워졌어요."

"그러게요. 토너먼트 무렵의 비행법을 보면, 분명 웃음이 날 거예요."

이곳은 클라우드 꿈 베개가 만든 가짜 왕도다.

그러나 이렇게 공중에서 내려다보는 풍경은 진짜로밖에 보이지 않는다.

교내 토너먼트 결승 때 봤던 경치와 같다.

하지만 결정적으로 다른 점은—.

"샬롯. 저 왕도에는 아무도 살지 않는 거죠."

"그래요. 저건 휘말리게 해도 괜찮은 왕도예요."

로라와 샬롯은 하늘에서 서로를 보고 씨익 웃었다.

"그럼 바로 휘말리게 해요!"

로라는 허공을 향해 팔을 쳐들었다.

그리고 마력을 방출했다.

그것을 빨아들이듯이 태양이 크게 부풀어갔다.

다섯 배…… 열 배…… 스무 배. 더욱 커져갔다.

아니. 아니. 아니.

이것은 태양이 아니다.

태양보다 더 눈부시고, 태양보다 지상 가까이에 떠오른 구체.

작열하는 결정체? 그런 말로는 이 열기를 표현하기 부족하다.

홍련의 결정체? 그런 말로는 이 빛을 표현하기 부족하다.

이런 것이 사람 앞에 떨어진 적이 없기에 이것을 형용할 말은 없다.

오로지 크고 눈부시고 뜨겁다.

보는 이의 육체도 어휘도 죽이고 마는 필살기.

"이건 또…… 로라, 이렇게 무서운 기술을 몰래 갖고 있었다니!"

"샬롯. 이 크기라면 디멘션 베리어의 면적이 부족해요. 반사하는 건 어려워요. 자, 적어도 살아남을 수 있었으면 좋겠네요. 그럼…… 받아라! 필살! 로라 선샤아아아아아아아인!"

로라 선샤인이란?

마력을 모아서 커다란 구체로 만들어 상대에게 충돌시키는 로라의 필살기로, 방금 생각해낸 기술이다!

그러나 그 위력은 틀림없이 로라가 지금까지 쐈던 공격 마법 중에서 가장 크다.

로라 선샤인은 샬롯을 노리고 낙하했다.

방어는 현실적이지 않다. 반사도 역시 불가능하다.

그러므로 회피하는 수밖에 없지만, 이 공격 마법은 범위가 크면서도 빠르다.

이미 샬롯은 삼켜져서 사라졌다.

그뿐 아니라 로라 선샤인은 지표에 도달해, 먼저 모험가 학교와 그 주변 구획을 증발시키고, 폭발시켰다. 한 방에 왕도의 절반을 모조리 불태웠다.

이 열의 파동과 폭풍 앞에서는 설령 샬롯이 직격을 피했다 해도 여파만으로도 큰 대미지를 입었을 것이다.

그렇게 생각했지만.

로라의 등 뒤에서 무언가가 소환되는 낌새가 있었다.

돌아보니, 무려 드래곤 크기만 한 벼락의 정령이 자신을 향해 막 주먹을 내리치고 있었다.

"……!"

로라는 놀랐지만 방어와 동시에 벼락의 정령을 파괴했다.

지금 공격을 눈치채지 못하고 등 뒤에서 맞았다 해도, 딱히 대미지다운 대미지는 되지 않는다.

중요한 것은 그것이 아니라, 공격이 날아온 자체다.

즉, 샬롯은 아직 소환 마법을 쓸 수 있을 정도로 쌩쌩하다는 사실이다.

"물러요, 로라. 말했을 텐데요. 제 수련 상대는, 학장님이었다고!"

"그랬어요, 그랬어요. 아니, 잊었던 게 아니에요. 그걸 감안하고도 놀랐어요. 저에게는 샬롯이 회피하는 장면이 보이지 않았는데…… 어떤 구조인 거예요?"

"그건 스스로 밝혀내세요."

"알겠어요!"

로라는 불꽃의 창을 만들어, 샬롯을 향해 냅다 던졌다.

물론 반사당했다.

그러나 그 불꽃의 창은 로라의 뜻으로 궤도를 바꿀 수 있게끔 조정돼 있다. 다시 말해, 추적이 가능하다.

"……?!"

한 번 반사한 불꽃의 창이 다시 공격해온 사실에 샬롯은 놀란 빛을 띠었다. 그렇지만 그것 때문에 집중력이 떨어질 만큼 어리석지 않다.

샬롯은 몇 번이고 반사하고, 로라는 몇 번이고 다시 보냈다.

"하나 더 추가예요!"

로라는 두 개째 불꽃의 창을 던졌다.

"그리고오! 세 개째!"

"로라의 선물이라지만, 이건 성가셔요!"

샬롯은 세 개의 창을 피하기 위해, 고도를 단숨에 낮췄다.

세 개의 창은 그것을 좇아, 따라잡고는 반사당하고, 따라잡고는 반사당하는 것을 반복했다.

그 추적극은 하늘 위에서 왕도의 거리로 무대를 옮겼다.

샬롯이 이동했을 때 발생한 충격파로 인해 광장의 포석이 말려 올라갔다. 반사된 불꽃의 창으로 인해 분수가 날아갔다.

좁은 뒷골목으로 도망쳐 들어간 샬롯을 뒤쫓아, 세 개의 창은 뱀처럼 구불거리면서 돌진했다.

"끈질겨요!"

"자자, 그렇게 말하지 말고 받아주세요. 네 개째와 다섯 개째예요!"

더 추가한 불꽃의 창은 곧장 샬롯에게 향하지 않고 한 번 민가

속으로 돌진했다.

그리고 한 개는 벽을 뚫고 옆에서, 다른 하나는 땅속을 뚫고 바로 밑에서, 샬롯을 기습했다.

"크윽!"

이미 있던 세 개와 사각(死角)에서 나타난 두 개.

숫자로 치면 대단하지 않지만, 『샬롯의 의식의 틈을 만든다』는 의미에서는 조금 전의 3천 개보다도 효과적이리라.

움직임이 변칙적인 데다 아무리 반사해도 끝이 없다는 허탈감을 심어줄 수 있다.

—틈을 찾았어요!

로라는 샬롯의 반응이 살짝 늦어지는 패턴을 발견했다.

몇 번이고 공격하면서 관찰했기 때문에야말로. 평소부터 함께 해왔기 때문에야말로 발견할 수 있었던 의식의 틈.

불꽃의 창의 움직임을 조절하며 샬롯의 움직임을 유도하고, 틈이 생기는 순간을 만들어내— 로라는 숨통을 끊을 작정으로 돌진했다.

온몸의 피부를 두꺼운 방어 결계로 감싸고, 특히 발바닥을 두껍게 해서 샬롯의 상공에서 수직 낙하 킥을 날렸다.

그것은 틀림없이 명중할 터였다. 아니, 명중했다.

그런데 로라의 다리가 샬롯을 맞혔는데, 느낌이 없었다.

마치 환영을 찬 것처럼, 슥 하고 그대로 지나쳤다.

"아앗?!"

힘의 여파로 로라는 멈추지 못하고, 땅에 박히고 말았다.

뒷골목의 땅에 몸이 파묻혀, 머리만 나온 기묘한 꼴이 되고 말았다.

"오호호호. 로라. 그 바보 같은 모습도 귀여워요. 오호호호!"

머리 위에서 목소리가 울려 퍼졌다.

샬롯이 아파트 옥상에 우뚝 서서, 깔깔 웃으며 로라를 내려다보고 있었다.

"큭, 분명 걷어찼는데⋯⋯ 언제 그런 곳에! 그렇게 높은 곳에 있으면 팬티가 보여요!"

"어머, 응큼한 로라. 벌이에요!"

샬롯이 팔을 휘두르자, 주위의 건물이 일제히 무너지고, 로라를 향해 쓰러져왔다.

시야가 막혀 샬롯을 놓치고 말았다.

"이까짓 거!"

로라는 지면을 도려낼 정도의 추진력으로 날아올라, 떨어져 내리는 파편을 박치기로 부수면서 고도를 높이려 했다.

그러나.

파편 속에 트랩 마법이 몇 개나 설치돼 있었다.

로라가 닿은 순간, 대폭발이 연쇄적으로 일었다.

그로 인해 살짝 움직임이 멎고 말았다.

더구나 폭발의 빛으로 주위가 보이지 않았다.

1초도 안 되는 시간이지만, 이때 로라는 철저히 아무것도 할 수 없었다.

샬롯이 뭔가 대규모 마법을 쓰고 있는 낌새가 들었다.

그러나 보이지 않았다.

확인하지 않으면 어떤 짓을 당할지 모른다.

로라는 폭풍을 억지로 뚫고 상공으로 나갔다.

그러자, 마치 로라의 움직임을 내다본 것처럼 공격 마법이 떨어졌다.

아니다. 내다본 것처럼이 아니다. 샬롯은 훤히 내다봤다.

모든 것은 함정이었다.

이 순간, 로라가 스스로 샬롯의 공격 마법에 돌진하도록 유도된 것이다.

공격이 오는 것을 알면 피하는 것은 간단하다.

만약 기습이라고 해도, 반드시 맞는다는 보장은 없다.

그러나 이래서는 피하는 것도 뭣도 아니다. 스스로 부딪치러 간 것이므로.

"크, 크으으으으!"

그 공격 마법은 로라 선샤인 정도로 크지는 않았다.

그 대신, 예리하다.

굵기는 기숙사 방의 면적 정도. 길이는…… 모른다. 하늘 저편까지 뻗은, 검은 어둠의 기둥이다.

초고밀도의 마력 결정체.

내포한 마력의 총량 자체는 로라 선샤인이 훨씬 위지만, 이것은 응축되어 있기에 밀도는 비슷하다.

그런 어둠의 기둥에 로라는 스스로 돌진해버렸다.

되물리치려 해도 갑자기는 할 수 없고, 어쩔 도리 없이 땅과 기둥 사이에 샌드위치처럼 끼고 말았다.

검은 기둥은 점점 떨어져왔다. 그리고 지면에 깊숙이 박혀갔다.

밑에 깔린 로라는 땅속에 가라앉았다.

아직 멈추지 않는다.

아프다. 팔이 아프다. 온몸이 아프다. 이대로라면 정말 짓뭉개지고 만다.

"으아아압!"

기합을 담은 우렁찬 외침과 함께 로라는 기둥의 바닥을 때렸다.

그리고 마력을 흘려 넣어, 기둥의 구성을 파괴했다.

검은 기둥은 갈라지고, 파직 소리와 함께 부서졌다.

"제법이네요…… 샬롯."

로라는 땅속에서 왕도의 상공으로 되돌아왔다.

조금…… 아니, 상당히 어지러웠다. 그러나 땅속에 있던 상태로는 어떤 추격이 뒤따를지 모른다. 밖으로 나오는 수밖에 없었다.

조금 전처럼 기습을 당하지 않도록 경계하면서 고도를 높였지만, 샬롯은 움직임이 없었다.

그것도 그럴 터. 그녀는 완전히 피폐해져 있었다.

비행 마법은 아직 쓸 수 있지만, 눈에 보일 정도로 마력이 약해져 있다.

"설마…… 지금 이 공격에도 무사하다니…… 로라의 방어 결계는 어떻게 생겨먹은 거예요?"

"아니에요. 실은 오른팔 뼈가 부러져서, 올라오는 동안 회복 마법으로 붙였어요."

"어머, 그랬군요. 그럼, 제 공격 마법이 로라에게 통하는 거네요! 의욕이 생기기 시작했어요!"

분명 약해져 있던 샬롯의 마력이 갑자기 부활했다.

정말 끈질긴 근성이구나 하고 로라는 질린 쓴웃음을 지었다. 그리고 어째선지 덩달아 힘이 나기 시작했다.

싸움이 이제 막 시작된 것 같은 기분이 들었다.

"아무튼, 샬롯. 제 눈을 피해서 로라 선샤인에서 어떻게 도망쳤는지, 그 구조를 알았어요."

"어머. 역시 알아버렸군요."

"네. 아까 저는 샬롯에게 발차기를 했어요. 그리고 맞은 것처럼 보였어요. 그런데 제 다리는 샬롯의 몸을 그대로 지나쳐버렸어요. 샬롯이 있는 것처럼 보였지만, 사실은 그곳에 없었던 거죠. 샬롯은 빛을 조종해서 실제로 있는 장소와는 다른 장소에 자신을 비출 수 있는 거예요."

그래서 로라 선샤인을 피한 장면이 보이지 않았다.

그래서 발차기가 허공을 가르고 말았다.

"짐작한 대로예요, 로라. 그래요, 저는 공간을 뒤트는 힘을 응용해서 빛도 뒤틀 수 있어요. 이렇게 로라와 이야기하고 있는 저도, 실은 허상일지도 몰라요."

"그런 말로 겁주려 해도 소용없어요. 목소리가 들리는 방향으로 알 수 있어요. 여기 있는 샬롯은 진짜예요."

"우후후…… 만약 제가 소리도 조종할 수 있다면요?"

"아! ……아니, 괜찮아요. 샬롯은 지금, 비행 마법과 방어 결계만 쓰고 있어요. 그 정도는 마력의 흐름을 찬찬히 살피면 알 수 있어요."

"대단해요. 하지만, 그건 이렇게 느긋하게 대화하는 중이니까 가능한 거예요. 격렬한 전투 중이라도 그만큼 집중할 수 있을까요?"

"글쎄요. 노력하면 가능할지도 몰라요! 다음에는 샬롯이 빛을 뒤틀어도 속지 않아요! 그리고 그 기술, 너무 많이는 쓸 수 없잖아요? 만약 언제라도 쓸 수 있다면, 계속 쓰고 있으면 돼요. 하지만 싸움이 시작되고 나서 딱 두 번 썼어요. 샬롯이야말로 엄청난 집중력이 필요한 거 아니에요?"

"로라의 통찰력은 정말 대단해요. 하지만…… 집중력 따윈 끈질긴 근성만 있으면 어떻게든 돼요!"

샬롯의 모습이 휙 뒤틀려 사라졌다.

어디로 이동한 걸까. 아니면, 아직 그곳에 있는데 모습만 감춘 걸까.

알 수 없다.

아아, 이렇게 즐거울 수가.

밤은 길다. 싸움은 이제부터다—.

※

꿈 세계의 왕도는 이제는 원형을 알아볼 수 없을 만큼 모조리 파괴됐다.

안나, 대현자, 하쿠는 간신히 피해가 적은 장소로 이동해, 건물 위에서 두 사람의 싸움을 지켜보고 있다.

그렇지만 보고 있는 것만으로도 상당히 바쁘다.

빗나간 탄알이 날아오면 막거나 피해야 하고, 구획이 통째로 날아가는 공격이 오면 도망쳐야 한다.

그러나 이 싸움의 관전 포인트는 공격력의 수준이 아니라, 그 속에서 펼쳐지는 기술의 응수에 있었다.

특히 샬롯이 하고 있는 것은 신의 경지처럼 보인다.

안나는 마법을 잘 모르지만, 그래도 알 수 있다.

로라와의 터무니없는 마력량 차이를 기술력으로 보충하며 덤비고 있는 거다.

얼마만큼의 단련일까. 얼마만큼의 집념일까.

그것을 생각하니 몸도 마음도 뜨거워졌다.

어째서 자신은 이런 곳에서 싸움을 멍하니 보고 있을까.

만약 자신이 저 싸움에 참가한다면, 따라갈 수 있을까.

시험해보고 싶다.

두 사람의 세계에 섞이고 싶다―.

"섞여보면 어때?"

그때.

안나의 속마음을 꿰뚫어본 것처럼 대현자가 중얼거렸다.

"아…… 안 돼. 저건 두 사람의 결투니까…… 방해하면 안 돼."

"그래? 그래도 그렇게 주먹을 꽉 쥐고, 끝까지 참을 수 있겠어?"

그렇게 지적당한 안나는 처음으로 깨달았다.

아무래도 자신은 손톱이 살을 파고들 정도로 세게 주먹을 쥐고 있었던 모양이다.

이래서는 속마음을 들키는 법이다.

"가봐. 애초에 로라랑 샬롯이 나빠. 너희 셋이 늘 같이 노는데, 오늘만 안나를 따돌리다니 말이야."

"놀이? 저건 놀이야?"

"그렇지. 봐, 두 사람 다 즐거워 보이잖아."

하늘을 종횡무진 날아다니며 무시무시한 위력의 마법을 충돌시키고 있는 로라와 샬롯은…… 분명 최고의 미소를 짓고 있었다.

그것을 본 안나는 치사하다고 생각했다.

"……알았어. 학장님, 고마워. 하쿠를 부탁해."

"천만에. 자, 다녀와. 하쿠랑 보고 있을 테니까."

"삐!"

"그럼, 다녀오겠습니다."

안나는 등에 멘 칼집에서 벼락의 마법검과 바람의 마법검을 빼 들었다.

그리고 바람을 휘감고, 하늘로. 로라와 샬롯이 있는 곳으로 갔다.

제 7 장　그리고 셋이서

로라는 마법을 바꿨다.

불꽃이나 빛 같은 화려한 마법이 아니라, 얼음. 그것도 순도가 높은, 한없이 투명에 가까운 얼음의 화살로 공격했다.

물론, 아무리 투명해도 완전히 보이지 않는 것은 아니다. 집중해서 보면 거기에 투명한 것이 있는 것을 알 수 있다.

그러나 로라도 샬롯도, 그 얼음의 화살도, 각각이 음속을 훨씬 뛰어넘는 속도로 날면서 싸우고 있다.

그런 상황에서는 잘 보이지 않는 것만으로도 판단이 크게 늦어지고 만다.

반사형 디멘션 베리어는 분명 철벽이지만, 마력을 대량으로 쓴다는 결점이 있다.

물론 보통의 반사 마법과는 다르게 상대의 공격 마법의 위력과 관계없이, 면적당 일정량의 마력만 쓴다는 이점이 있다. 그러나 그럼에도 공간을 뒤트는 마법이 쉽게 발동할 리 없다.

샬롯은 디멘션 베리어의 발동을 가능한 한 단시간, 좁은 범위로 한정함으로써 마력의 소비량을 억제하고 있었다.

그것을 가능케 하는 것은 샬롯의 뛰어난 동체 시력과 예언 같은 예측 능력이다. 그것을 이용해 상대의 공격을 깨닫고, 디멘션 베리어를 필요한 양만 전개했다.

불과 얼마 전까지 그녀에게 그런 스킬은 없었다. 분명 대현자와의 수련을 통해 익힌 것이리라. 도대체 얼마나 많은 노력을 했을지 머리가 수그러진다.

그러나 반대로.

이쪽의 공격을 눈치챌 수 없다…… 아니, 눈치채기 힘들게 하는 것만으로도 샬롯의 전법은 무너지고 만다.

로라가 쏜 얼음의 화살을 반사하기 위해, 디멘션 베리어의 발동 시간과 범위를 넓히는 수밖에 없다.

그 결과, 샬롯의 마력은 점점 줄어갔다. 끈질긴 근성으로 회복한다는 기적은 통하지 않는다. 진짜 고갈되면, 그걸로 끝이다.

그리고 마력보다 두드러지는 것은 집중력의 저하다.

로라는 현재, 백 개의 얼음의 화살로 샬롯을 공격하고 있다.

물론 유도형이다.

반사당해도 금방 다시 추적했다.

식별성이 한없이 제로에 가까운 그것을, 샬롯은 놀라운 집중력으로 계속 반사하고 있지만…… 한계는 머지않았다.

머리에 피가 너무 쏠려 눈이 충혈되고 코피도 흐르고 있다.

뇌의 혈관이 끊어질지도 모른다.

명백히 위험한 상태다.

그럼에도 로라는 공격을 늦추지 않았다.

이기든 지든 끝까지 전력을 다해서.

그것이 싸우는 상대에 대한 최소한의 도리라고 생각하므로.

마침내 길었던 싸움에 종지부가— 찍히려는 순간.

로라에게 벼락이 떨어졌다.

"뭐야?!"

전투 중에는 늘 방어 결계를 몸에 감고 있어서 대미지는 없다.

그럼에도 갑작스러운 빛에 놀라, 샬롯에 대한 공격을 멈추고 말았다.

그 벼락을 쏜 것은—.

"안나?!"

"무슨 짓이에요! 왜 안나가 로라를 공격하는 거예요?!"

벼락을 맞은 로라뿐만 아니라 도움받은 꼴이 된 샬롯도 놀라 소리쳤다.

이것은 일대일 결투에 난입한 것이다.

어쩌려는 것인가.

로라도 샬롯도 안나를 노려봤다.

그러나 안나는 시치미 뗀 얼굴로 하늘에 떠 있다. 자신이 한 짓은 아무것도 아니라는 듯이.

"두 사람이 싸우는 걸 보고 있었더니, 나도 싸우고 싶어졌어. 끼워줘."

"끼워달라니, 말도 안 돼요!"

"안나! 이건 저와 로라의 결투예요! 제가…… 그 1학기 토너먼트 결승전에서 진 이후로 쌓아온 노력을, 지금 여기서 로라에게 펼치는 거예요!"

"그건 나한테 펼쳐도 되는 거 아냐?"

안나가 중얼거리자, 샬롯은 눈을 동그랗게 떴다.

"둘 다 치사해. 이렇게 즐겁게 싸우면서, 나는 보고 있기만 하는 건. 너무해. 나도 싸울 수 있어."

그 말을 듣고 로라는 퍼뜩 깨달았다.

언제나 셋이 함께 노는데, 왜 싸움은 일대일이어야 할까.

그런 약속은 없다.

하물며 지금의 안나는 강하다.

반대로 왜 본인이 뛰어들 때까지 제안할 생각을 하지 못했는지 의아해졌다.

"하, 하지만…… 안나가 도와주면, 제 설욕전이 아니에요!"

"누가 샬롯을 도와준다고 했어? 나는, 둘 다 때려눕힐 거야."

벼락의 마법검에서 번개가 뻗어 나와, 샬롯에게 직격했다.

이로써 로라와 샬롯은 한 번씩 전기를 맞았다.

확실히 샬롯을 지원할 생각은 없는 모양이다.

진심으로 삼파전을 원하는 모양이다.

"게다가, 샬롯. 얼음의 화살에 찔릴 뻔했잖아. 그러니까 일대일 대결은 샬롯의 패배야. 결말은 났어."

"그건! 그건……."

샬롯은 아무 말도 할 수 없었다.

어떤 변명을 해도 정신 승리가 되고 만다.

자존심이 높기에 더욱 그런 꼴사나운 말은 할 수 없다.

"네! 네, 그래요! 저는 안나가 뛰어들지 않았다면, 얼음의 화살에 심장을 찔렸어요!"

샬롯이 패배를 인정했다.

이 시점에서 일대일 결투는 끝났다.

하지만 아직 날은 새지 않았다.

"제2라운드. 삼파전을 하자."

안나를 중심으로 번개와 회오리바람이 휘몰아쳤다.

굉장한 전의다.

증오나 원망 같은 부정적인 감정 없이, 사람은 이렇게까지 전의만을 높일 수 있다는 본보기 같았다.

"저는 전혀 상관없어요. 재밌겠는걸요!"

"저도 이의 없어요. 지난번에 안나와 싸웠을 때는 무승부였으니, 오늘이야말로 이겨주겠어요!"

"그런 내가 할 말이야. 그리고 로라한테도, 이겨."

이렇게 로라 대 샬롯의 싸움은 끝을 고하고, 세 사람의 난전이 시작됐다.

첫 공격을 한 것은 제안자인 안나…… 가 아니라.

제1라운드에서 지고, 설욕전으로 불타오르고 있는 샬롯…… 도 아니라.

로라였다.

"빛이여. 어둠이여. 불꽃이여. 물이여. 벼락이여. 바람이여. 삼라만상에 깃든 힘들이여. 내 마력을 받아라. 모여라, 따라라, 복종해라. 그리고 명령한다. 모든 것을— 없애라."

로라의 마력은 강하다.

샬롯과 안나가 가진 마법 쌍검의 마력을 합친 것보다 더 강하다.

즉, 로라는 도전을 받는 쪽이다. 물리치는 쪽이다.

따라서 선수를 방어하는 것이 상식이지만, 이왕 시작된 삼파전. 난전이다.

이왕이면, 엉망진창인 시작이 더 즐거우리라.

그래서 로라는 다양한 속성이 뒤섞인, 뒤죽박죽인 마법을 쐈다.

"이건 뭐예요!"

"너무 알록달록해서 눈이 따끔거려……!"

방향도 정하지 않고 쏴서, 로라의 마력이 사방으로 퍼져 나갔다.

그것이 무작위로 빛의 화살이 됐다가 어둠의 결정이 됐다가 화염 방사가 됐다가 하면서 무차별 파괴를 일으켰다.

지근거리에서 그것에 휘말린 샬롯과 안나는 배겨낼 수 없으리라.

그러나 그렇기에 더욱, 두 사람이 어떻게 대항할지 보고 싶다.

"이런 거, 반사사면 그만이에요!"

역시 샬롯은 그렇게 하겠지.

물량도 종류도 위력도 봐주지 않았는데, 보란 듯이 자신의 주위로 날아온 공격 마법을 전부 로라에게로 반사했다. 잠깐 쉰 것으로 집중력이 부활한 모양이다. 듬직하다.

그리고 안나는.

마법 쌍검으로 벨까. 아니면 바람의 마법검의 돌풍으로 속도를 올려서 피할까. 그도 아니면, 로라가 상상도 할 수 없는 다른 방법일까.

"아끼지 않아. 전력을 다해 즐길 거야."

안나가 그렇게 중얼거린 순간.

그녀의 몸이 뇌전(雷電)에 휩싸였다— 아니다, 그녀의 몸이 천둥 번개로 변했다.

"무, 무슨, 아아?!"

경악하는 로라를 무시하고, 천둥 번개는 공격 마법을 모조리 피했다.

외관뿐만 아니라, 그 이동 속도도 전광석화 같았다.

거의 순간 이동에 가깝다.

번쩍 하고 빛났을 때, 천둥 번개는 이미 다른 장소로 이동해버린 뒤다.

그리고 천둥 번개는 로라에게 접근해, 로라의 뒤로 파고들더니—.

"굉장해, 이렇게 간단히 로라의 뒤를 취했어."

안나의 목소리. 그것과 동시에 두 개의 마법검이 위에서 쇄도해 왔다.

"큭!"

로라는 뒤돌아, 자신의 검을 뽑아 한 자루를 막았다.

다른 한 자루는 마력으로 만든 빛의 검으로 막았다.

간신히 늦지 않았다.

"안나…… 방금 번개처럼 변했었는데, 어떻게 된 거예요?"

"어떻게 되고 말고, 번개가 될 수 있게 됐어. 이런 식으로."

로라의 눈앞에서 안나는 다시 그 몸을 천둥 번개로 바꾸었다.

이미 인간의 형상은 사라지고, 타닥타닥 하고 대기 중에 방전하는 빛만이 퍼져 나갔다.

그것은 순식간에 로라에게서 멀리 떨어져, 공중을 지그재그로 이동해 보였다.

"너, 너무 빨라서 눈으로 쫓기도 어려워요!"

샬롯이 초조한 목소리로 외쳤다.

로라도 완전히 같은 감상이다.

이래서는 차원 창고에 가둘 수도 없다. 보통의 공격 마법을 맞히는 게 그나마 쉽지만, 설사 맞힌다 해도, 천둥 번개로 변한 안나에게 그것이 통할까?

라고 생각했더니.

"피곤하니까 원래대로 돌아갈래."

안나는 천둥 번개로 변한 것을 풀고, 평소의 모습으로 돌아왔다.

아무래도 연속해서 쓰는 데는 제약이 따르는 모양이다.

그렇지 않다면 너무 무적이다.

"안나. 언제 그런 걸 할 수 있게 된 거예요……?"

"겨울 방학. 스승님하고 수련했더니 왠지 할 수 있었어. 그 후로 연습해서 자유롭게 쓸 수 있게 됐고. 굉장하지? 에헴."

안나는 억양 없는 목소리로 으스댔다.

"굉장한 정도가 아니에요…… 그렇지만, 절대적으로 무적인 기술은 없어요. 마지막엔 제가 이겨요."

"어머. 이기는 건 저예요!"

로라와 샬롯의 공격 마법이 동시에 안나에게 쇄도했다.

그러나, 다시 천둥 번개로 변했다.

여유롭게 피했다.

“벼락에는 벼락이에요!”

샬롯은 벼락의 공격 마법을 연속에서 쐈다.

그러나 맞지 않았다.

똑같은 뇌속(雷速)이라도, 표적이 정해져 있지 않으면 소용없다.

안나는 천둥 번개인 채로 샬롯에게 몸을 부딪쳤다.

그때 샬롯은 온몸을 반사형 디멘션 베리어로 감싸고 있었다.

따라서 안나는 튕겼지만, 벼락의 속도로 수없이 박치기를 되풀이했다.

그런데도 결말이 나지 않아서, 안나는 표적을 로라로 변경하고 돌진해왔다.

“흐흠. 벼락의 속도에도 눈이 익숙해지기 시작했어요!”

로라는 안나의 진행 방향에 차원 창고의 문을 열었다.

그대로 벼락의 속도로 안나가 문에 삼켜지나 했더니, 직전에 천둥 번개화를 풀었다.

그리고 평소처럼 바람으로 날아서 이동했다.

“나이스 브레이크! 하지만, 그 정도 속도라면!”

천둥 번개화를 푼 안나는 노리기 쉽다. 다시 한 번 차원 창고의 문을 열면, 이번에야말로 끝이다.

"그렇게는 안 돼."

안나는 다시 천둥 번개로 변했다. 그러나, 금세 인간으로 돌아오고, 다시 천둥 번개로 변했다.

"앗, 어? 움직임을 읽을 수 없어요!"

빠르다면 계속 빠른 채로 있어주는 것이 더 읽기 쉽다.

그것이 빨라졌다가 느려졌다가 하게 되면 박자가 이상해진다.

게다가 안나는 그 패턴을 읽히지 않으려고 절묘하게 전환하고 있다.

단순한 착상으로 하는 행위가 아니라, 샬롯처럼 새로운 기술을 계속 연습해온 증거다.

"각오해!"

안나가 불쑥 로라의 눈앞에 나타났다.

양쪽에서 마법검이 날아들었다.

로라는 회피…… 가 아니라 반격을 택했다.

어쨌든 안나가 먼저 접근해준 거다. 그것도 실체인 채로.

이 지근거리라면, 다시 천둥 번개로 변해서 도망치려 해도 늦으리라.

그러나 이것은 삼파전이다.

일대일 싸움에서는 옳은 선택도, 악수가 될 때가 있다.

"그대는 흑. 그대는 어둠. 그대는 끝을 고하는 자. 모든 것이 다

다르는 종언의 모습. 내 마력을 빨아들여, 이곳에 나타나라. 이 땅에 쏟아져라—.”

샬롯이 외친 마법은 로라와 안나의 머리 위에서 발동했다.

그것은 검은 기둥이다.

크기는 한층 작아졌지만, 조금 전 로라의 한쪽 팔을 부러뜨린 것과 같은 성질이다.

공격 마법과 마법검을 격돌시키려 했던 로라와 안나에게 검은 기둥이 떨어졌다.

어떻게 나가야 할까.

두 사람의 힘을 합쳐서 검은 기둥을 막을까?

아니면 단순히 도망칠까?

백 분의 일 초.

로라와 안나는 눈으로 대화했다.

대답은, 계속한다다.

사정이야 어떻든 전투를 계속 진행했다.

로라가 쏜 빛의 화살과 안나의 쌍검이 충돌하고, 폭발했다.

“—!”

접전에서 밀린 안나는 크게 뒤로 물러났다.

그리고 로라는 접전에서 이김으로써, 떨어지는 검은 기둥 밑에 깔렸다.

그러나 이것은 한 번 당했던 공격이다. 그것도, 조금 전보다 약하다.

그렇다면 문제없다. 아니, 오히려 이용해주기로 했다.

"하아아아아아아!"

로라는 검은 기둥을 잡고, 내리쳤다.

그 선상에는 안나와 샬롯이 둘 다 있다.

"제 마법을 둔기로 쓰는 거예요?!"

"나는 도망친다."

안나는 천둥 번개로 변해 한 발 먼저 벗어났다.

샬롯은 어째선지 기합이 들어간 얼굴로, 기둥을 막으려 두 팔을 높이 들었다.

그러나 그것은 로라의 허세다. 어쨌든 검은 기둥은 원래 샬롯이 만들어낸 것이다.

따라서 그녀의 뜻으로 없앨 수도 없다.

기둥은 샬롯에게 닿기 직전에 사라졌다.

그리고 기둥을 구성하고 있던 마력의 몇 할은 샬롯에게 되돌아가, 이번에는 원뿔형의 물체로 변했다. 그것을 로라에게 쏠 생각인 것 같았다.

"빈틈 발견."

파직 하고 전기가 튀고, 샬롯의 등 뒤에 안나가 나타났다.

마법검이 위에서 날아들었다.

"그건 제가 할 말이에요."

마법검은 허공을 갈랐다.

샬롯의 모습은 그곳에 있는데, 칼날이 그대로 그 몸을 지나친 것이다.

빛을 뒤틀어서 만든 허상이다.

그리고 뒤틀려 있던 것은 샬롯의 모습뿐만 아니라, 검은 원뿔도다.

그 끝을 전방에 있는 로라를 향하고 있었는데, 어느새 후방으로. 즉, 이제 막 나타난 안나에게 향하고 있었다.

샬롯은 틈을 보이면 안나가 뒤에서 공격해올 것이라고 내다본 것이다.

그러나 안나의 반사 신경과 뇌속은 샬롯의 예측을 뛰어넘어, 피했다.

검은 원뿔은 저 멀리 날아가, 먼 산의 형태를 바꾸어놓았다.

아슬아슬하게 목숨을 건진 안나는 실체화해, 땀을 줄줄 흘렸다.

"그 타이밍이면 안나는 초조하군요…… 흠흠. 참고가 됐어요."

떨어진 장소에서 관찰하고 있던 로라는 끄덕였다.

"와, 완전 여유로웠거든……."

"얼굴에 대위기였다고 적혀 있어요오."

치열한 공방을 펼쳤다.

이미 왕도는 여파로 인해 흔적도 없었다.

그러나 세 명 모두 건재하다.

싸움은 지금부터가 진짜다.

“자, 계속해요. 밤은 길어요.”

“우후후. 바라던 바예요.”

“이렇게 즐거운 싸움은 처음이야. 계속하고 싶어.”

한순간이라도 방심하면 패배로 이어지는 극한의 싸움.

그런데 모두, 웃고 있었다.

그야 다투는 것도 아니고 원한 따위 있을 리 없고, 이해관계도 없다.

그저 싸우고 싶어서 싸울 뿐이다.

즐거운 게 당연하다.

“그럼.”

“정정당당하게.”

“겨루자!”

오늘 밤, 최대의 격돌.

마침내 대지가 갈라졌다—.

※

그리고 세 사람의 싸움은 다섯 시간 정도 이어져, 마땅한 결말을 맞이했다.

강한 자가 이겼다.

지극히 당연한 결말이다.

치열한 싸움으로 지형은 굽이치고, 바닥이 보이지 않는 구멍이 뚫렸다. 평야였던 왕도 주변에 새로운 산과 계곡이 만들어져, 다양성이 풍부한 지형으로 바뀌었다.

그 싸움의 승자 로라 에드몬즈는, 대자로 뻗어 황야에 드러누운 샬롯과 안나를 내려다보고 있었다.

“하아…… 하아…….”

아무리 로라라도 어깻숨을 몰아쉬고 있었다.

체력도 마력도 얼마 남지 않았다.

한계는 코앞이었다.

그러나. 지금 그곳에 쓰러져 있는 두 사람은 한계를 뛰어넘어서 싸웠다.

원래는 좀 더 빠른 단계에서 쓰러졌을 텐데, 힘을 일으켜 섬광처럼 영혼을 불태웠다.

그 사자와 같은 기세도 결국 여기까지다.

마지막까지 서 있었던 것은 루라다.

하지만, 그럼에도.

"……이긴 것 같지 않아요!"

로라는 그렇게 외치며 입술을 깨물었다.

자신이 이렇게 두 사람을 내려다보고 있는 것은 단순히 타고난 마력이 컸기 때문이다.

그런 힘으로 이기고, 무엇을 자랑스러워하면 되는 걸까.

지금까지 그런 것은 의식해본 적이 없었다.

오히려, 자신은 강하다고 우쭐하기까지 했다.

그러나 샬롯과 안나의 훌륭한 전법을 목격하고.

그 이면에 존재하는 피나는 노력을 보는 바람에.

오히려 패배감마저 들었다.

공간을 뒤틀어 온갖 공격을 반사하고.

천둥 번개로 변해 온갖 공격을 피했다.

그 훌륭한 기술은 그야말로 예술로, 싸우면서도 로라는 시선을 빼앗겼을 정도다.

반면, 로라는 그저 방대한 마력을 내세웠을 뿐이다.

이런 건, 불공평한 게 아닐까.

그런데, 샬롯과 안나는 하늘을 향해 누워서도 웃고 있었다.

불만이나 후회하는 기색은 조금도 없이, 진심으로 만족한 것처럼 웃고 있었다.

“아니에요, 로라가 이겼어요. 승리를 자랑스러워하지 않으면, 저희의 패배가 더럽혀져요.”

“맞아. 우리는 지금 상쾌한 기분이야. 할 수 있는 건 전부 다 했어. 모든 걸 쏟아냈어.”

“네, 맞아요. 물론 진 건 분하지만, 저희는 확실히 강해졌어요.”

“맞아. 껍질을 깼어.”

“멀어지기만 한다고 생각했던 로라의 등이 살짝 가까워진 기분이 들어요.”

“따라잡지 못할 등이 아니야. 우리는 반드시 따라잡을 거야. 그러니까.”

“이긴 기분이 들지 않는다고 얕보는 건 곤란해요.”

얕본 적 따위 없다.

로라는 진심으로 두 사람을 존경했다.

그러나 샬롯과 안나의 말도 이해했다.

이 싸움에 핸디캡 따윈 없었다고.

대등한 싸움이었다고.

그녀들은 그렇게 말하고 싶은 거다.

딱히 로라를 위로하기 위해서가 아니다.

두 사람 모두 진심으로 그렇게 생각했다. 그렇지 않으면 승리도 패배도 가치가 퇴색해버리므로.

“정말로, 언젠가 저를 쓰러뜨릴 생각인 거죠? 쓰러뜨려주는 거죠?”

“네, 물론이에요.”

“찍소리 못 하게 할 거야.”

샬롯과 안나는 덤덤하게 당연하다는 투로 말했다.

“그럼…… 오늘은 승리를 자랑스러워할게요. 제가 이겼어요! 뭐, 다음에도, 그 다음에도, 저는 계속 지지 않을 거지만요!”

로라는 웃으며 가슴을 젖혔다.

승리를 뽐냈다.

샬롯과 안나에게 이긴 것은 자랑이라고.

핸디캡 따위 없는, 세 사람 모두 최선을 다한 훌륭한 싸움이었다고.

로라는 자랑스러워했다.

“그래야 로라죠! 쓰러뜨리는 보람이 있어요! 다음에도 정정당당히 겨뤄봐요!”

“정면 승부로 쓰러뜨릴 거야. 반칙은 안 써.”

“으음? 마치 두 사람 다, 반칙을 쓰면 저를 이길 수 있는 것처럼 말하네요? 저는 어떤 수 앞에서도 지지 않아요!”

로라는 더욱 가슴을 젖히고 거칠게 콧김을 뿜었다.

그러자 샬롯과 안나가 씨익 하고 짓궂은 미소를 지었다.

"어머? 정말이에요? 반칙을 써도 되는 거면, 내일이라도 이길 수 있어요."

"쉽게 이겨."

"헉. 어떤 수를 쓰려는 거예요?"

"일단 로라 앞에 오믈렛을 두는 거예요."

"로라가 그걸 먹고 있는 틈에 옆구리를 간지럽히는 거야. 항복할 때까지 계속."

"흐아! 그건 진짜 반칙이에요! 하지 마세요!"

"우후후. 그러니까 말했잖아요? 그나저나 초조해하는 로라도 귀여워요. 달려들어 안고 싶어요. 하지만 일어날 힘이 없어요……."

"볼을 주무르고 싶은데 몸이 안 움직여. 힝."

두 사람의 체력이 다해서 다행이라고 로라는 진심으로 생각했다.

"세 사람~. 살아 있니~."

"삐—."

그때 대현자와 대현자의 품에 안긴 하쿠가 찾아왔다.

하쿠는 로라를 보자마자 휙 날아서 머리 위로 이동해왔다.

"학장님. 하쿠를 맡아주셔서 감사해요."

"무슨. 나야말로 훌륭한 싸움을 보여줘서 고맙다고 말하고 싶은 기분이야. 정말 셋 다 굉장했어. 나도 안나처럼 중간에 끼어들고 싶어질 정도였어."

"앗, 학장님도요?"

"그건 아무리 그래도 참아주세요……."

"내가 끼어들어 놓고 이런 말 하긴 그렇지만, 학장님이 끼어드는 건 안 돼……."

"우후후. 농담이야. 지금은 말이지."

대현자는 거기서 말을 끊고,

"하지만 너희와 싸우고 싶은 건 진심이야. 뭐, 학장이 학생을 때리는 건 문제가 있으니까…… 졸업하면 사파전을 하자. 그때쯤에는 내가 껴도 즐겁게 싸울 수 있을 정도로 돼 있을 거라고 생각하니까."

마치 차라도 같이 마시자는 듯한 투로 말했다.

그러나 눈은 진지 그 자체였다.

대현자가 조금 전의 삼파전에 끼어드는 것을 참는 게 얼마나 힘들었을지 그 눈빛만으로도 알 수 있었다.

—따돌리고 말았다.

로라는 그만 그런 생각을 했다.

상대는 어른이고, 이쪽은 아이 셋이 놀았던 것이므로『따돌림』이라고 생각할 필요는 없을 텐데 말이다.

하지만 그것은 즉. 대현자와 로라 일행 사이에는 여전히『어른과 아이만큼의 실력 차이』가 존재한다는 것이다.

"괜찮아요! 딱히 졸업할 때까지 기다릴 필요는 없어요!"

"맞아요! 저는 반드시 졸업하기 전에 이 넷 중에서 가장 강해지겠어요!"

"아니야. 가장 강해지는 건 나야."

로라 일행은 저마다의 생각을 말했다.

그러자 대현자는 행복한 듯이 미소 지으며, 목에 건 회중시계를 손가락으로 가만히 어루만졌다.

"정말이지 건방지고 든든하고 사랑스러운 애들이야. 너희가 만들 **미래**는 분명 내가 고독을 느낄 틈조차 없겠지. **과거**를 생각하지 않아도 되겠지. 기대돼."

미래와 과거.

현재 최강자인 그녀는 의미심장하게 말했다.

왠지 모르게 알 것 같은 기분이 들었지만, 아직 아이인 로라는 정확히는 잘 몰랐다.

"자. 슬슬 잠에서 깰 시간이야. 빨리 일어나지 않으면 지각할 거야."

※

로라와 샬롯과 하쿠는 동시에 눈을 떴다.

벌떡 일어나, 크게 하품을 했다.

"흠냐흠냐…… 좋은 아침이에요, 샬롯, 하쿠……."

"좋은 아침이에요, 로라…… 즐거웠던 꿈도 여기까지…… 앗, 로라! 시계를 보세요!"

"네? 으아아아아?!"

대현자는 『잠에서 깰 시간이야』 같은 멋진 말을 하면서 꿈을 중단시켰지만.

언제나의 시간을 지나 있었다.

지금 시간이면 제 시간에 등교할 수 있을지 아슬아슬하다.

로라와 샬롯은 우당탕 교복으로 갈아입고, 서둘러 얼굴을 씻고 이를 닦았다.

"그리고 하쿠를 장착!"

"삐!"

하쿠는 로라의 머리 위에서 씩씩하게 울었다.

"로라, 서둘러요!"

여학생 기숙사 현관으로 갔더니, 안나가 제자리걸음을 하면서 기다리고 있었다.

"안녕. 빨리빨리."

정말 아슬아슬하지만, 그래도 로라 일행은 교실이 아니라 학교 식당으로 달렸다.

배가 고프면 수업을 들을 수 없다.

하물며 꿈속이라고는 해도 그 정도로 치열한 싸움을 펼쳤다.

아침 식사 정도는 하고 싶은 거다.

“아아, 그나저나 어젯밤은 즐거웠어요.”

“정말이에요. 조금만 더 하면 제가 이기는 거였는데…… 아까웠어요.”

“아니, 전혀 안 아까웠어. 나나 샬롯이나 참패였어. 뭐, 내가 샬롯보다 살짝 오래 서 있었지만.”

“무, 무슨 말이에요, 안나! 제가 더 오래 있었어요!”

“날조는 바람직하지 않아.”

“안나야말로!”

그런 말싸움을 하면서 복도를 달렸다.

로라는 아하하 웃으며 어젯밤의 싸움을 떠올렸다.

아니, 그뿐만 아니라, 입학한 후부터 지금까지의 일을—.

샬롯과 안나와 만나고.

보건실에서 자고 있던 대현자를 만나고.

에밀리아 선생님에게 수없이 혼나고.

교내 토너먼트를 치르고.

집으로 돌아가 마법학과에 다니겠다고 아빠를 설득하고.

강에서 하쿠의 알을 줍고.

수인 마을 오이세에 가고.

하쿠의 어미와 만나고.

미사키가 학교 식당에서 일하게 되고.

안나가 자란 고아원의 빚을 갚고.

소풍을 가서 다이켄저와 싸우고.

란정의 라멘을 파는 것을 돕고.

흡혈귀와 싸우고.

니나가 란정의 직원이 되고.

축제를 하고.

부유 보물고에서 안나의 마법검을 발견하고.

인식 저해 마법으로 대위기에 몰리고.

꿈 세계에서 샬롯과 안나가 일대일로 겨루고.

다 같이 마법 소녀의 의상을 입고.

토실토실 살찐 하쿠의 다이어트를 하고.

근사한 열 살 생일 파티를 선물받고.

고대 문명의 고타쓰와 싸우기도 하도.

최강 몬스터 퍼니셔가 부활하고.

초대 마법 소녀 아르피나와 함께 싸우고.

그리고 어젯밤의 삼파전까지.

돌이켜보면 많은 일들이 있었다. 하나같이 즐거운 추억뿐이다.

곧 있으면 로라는 2학년이 된다.

분명 또 멋진 일 년이 될 것이 틀림없다.

그야, 로라의 옆에는 멋진 사람들만 있으니까.

"그런데 로라. 아침은 뭘 먹을 거예요?"

"……그거, 안 물어봐도 알 것 같은데."

"삐이."

"후후후…… 당연히 오믈렛이죠!"

■ 작가 후기

여러분, 오래 기다리셨습니다. 마법 적성 9999 8권입니다.

7권 이후로 상당히 공백이 있어서, 이제 나오지 않는 건가 하고 걱정하신 분들도 계실지 모르겠습니다. 저도 가끔 걱정됐지만, 이렇게 무사히 8권을 낼 수 있었습니다.

참고로 이 8권이 마지막 권입니다.

실은 매상적으로 7권에서 끝날 가능성도 있었지만, 그렇게 되면 고타쓰가 마지막 에피소드가 되어버려서 담당자님께 「적어도 한 권만 더 쓰게 해주세요」라고 무리하게 부탁을 드려 8권을 냈습니다.

그 덕분에 세계 최강 몬스터와의 싸움, 로라 일행의 삼파전 등 마지막 에피소드로 생각했던 소재를 쓸 수 있었습니다. 마지막 권에 걸맞은 완성도로 완성됐다고 생각합니다.

낼 수 없었던 8권을 낼 수 있게끔 해주신 담당자 마이조 씨께는 정말로 늘 신세를 졌습니다. 다른 시리즈 업무도 있지만, 마법 적성에 관해서는 우선 수고하셨습니다.

일러스트레이터 리이츄 선생님, 매 권마다 귀여운 일러스트를 그려주셔서 감사합니다. 모든 일러스트의 퀄리티가 높아 리이츄 선생님께 의뢰해서 정말 다행이었다는 마음입니다. 또 언젠가 함께 작업하고 싶습니다.

그리고 마지막 권까지 읽어주신 독자분들의 성원이 있었기에 8권까지 낼 수 있었습니다.

여러분, 정말 감사합니다.

소설은 여기서 끝나지만 만화는 아직 계속됩니다. 3권이 이 책과 동시 발매된다고 하니, 만화로 변신한 로라 일행을 잘 부탁드립니다.

검사를 목표로 입학했는데 마법 적성 9999라고요?! 8

초판 1쇄 발행 2020년 2월 10일

지은이_ Mugichatarou Nenjuu
일러스트_ Riichu
옮긴이_ 김보미

발행인_ 신현호
편집장_ 김은주
편집진행_ 김기준 · 김승신 · 원현선 · 권세라
편집디자인_ 양우연
국제업무_ 정아라 · 전은지
관리 · 영업_ 김민원 · 조은걸 · 조인희

펴낸곳_ (주)디앤씨미디어
등록_ 2002년 4월 25일 제20-260호
주소_ 서울시 구로구 디지털로 26길 111 JnK디지털타워 503호
전화_ 02-333-2513(대표)
팩시밀리_ 02-333-2514
이메일_ lnovelpiya@naver.com
L노벨 공식 카페_ http://cafe.naver.com/lnovel11

ISBN 979-11-278-5434-8 04830
ISBN 979-11-278-4376-2 (세트)

값 9,000원

L NOVEL

우리 집 더부살이가 세계를 장악하고 있다! 1~14권

나나죠 츠요시 지음 | 노조미 츠바메 일러스트 | 김진환 옮김

머나먼 독일에서 일본의 영세 공업사 · 이이야마 가문에 찾아온 소년,
카사토리 신야. 그 정체는 세계 유수의 대기업 오리온류트의 창업자로
손가락 하나로 군사위성까지 움직일 수 있는 하이스펙 남자 중학생이다.
사정이 있어 진짜 모습을 숨긴 채 신야는
이곳 이이야마 가문에서 더부살이하게 되었지만…….
"우리 집에는 다 큰 여자애들이 살고 있다구! 갑자기 동거라니!"
그곳에는 취미도 성격도 제각각인 귀여운 세 자매도 함께 살고 있었다?!
사장님~ 지금까지의 경험이 아무 쓸모 없는 환경에서,
어떡하실 건가요?

세계 제일의 무적 소년 사장과
재미있고 귀여운 세 자매가 보내드리는
《GA문고 대상 수상》의 앳 홈 러브코미디!

NOVEL